小小说美文馆

人性画卷

藏在时光里的爱

主编◎马国兴

吕双喜

郑州大学出版社

图书在版编目(CIP)数据

人性画卷:藏在时光里的爱/马国兴,吕双喜主编.—郑州:
郑州大学出版社,2014.2(2023.3 重印)
  (小小说美文馆)
  ISBN 978-7-5645-1676-5

  Ⅰ.①人… Ⅱ.①马…②吕… Ⅲ.①小小说-小说
集-中国-当代 Ⅳ.①I247.8

  中国版本图书馆 CIP 数据核字(2013)第 310895 号

郑州大学出版社出版发行
郑州市大学路 40 号   邮政编码:450052
出版人:孙保营   发行部电话:0371-66658405
全国新华书店经销
三河市鑫鑫科达彩色印刷包装有限公司印制
开本:710 mm×1 010 mm 1/16
印张:13
字数:185 千字
版次:2014 年 2 月第 1 版   印次:2023 年 3 月第 2 次印刷

书号:ISBN 978-7-5645-1676-5   定价:42.00 元

"小小说美文馆"丛书

总 策 划 、总 主 审

杨晓敏　骆玉安

编委名单

序

杨晓敏

　　书来到我们手上,就好像我们去了远方。

　　阅读的神妙之处,在于我们能够经由文字,在现实生活之外,构筑属于自己的精神生活。透过每篇文章,读者看到的不仅是故事与人物,也能读出作者的阅历,触摸一个人的心灵世界。就像恋爱,选择一本书也需要缘分,心性相投至关重要,阅读的过程中,你会发现他与自己的不同,而你非常喜欢,也会发现他与自己的相同,以致十分感动。阅读让我们超越了世俗意义上的羁绊,人生也渐渐丰厚起来。

　　在这个信息碎片化的网络时代,面对浩若烟海的读物,读者难免无所适从,而阅读选本无疑是一个不错的选择。从《诗经》到《唐诗三百首》再到《唐诗别裁》,从《昭明文选》到"三言二拍"再到《古文观止》,历代学者一直注重编辑诗文选本,千淘万漉,吹沙见金。鲁迅先生说过:"凡选本,往往能比所选各家的全集更流行,更有作用。册数不多,而包罗诸作。"为承续前人的优秀传统,我们编选了"小小说美文馆"丛书。

　　当代中国,在生活节奏加快与高科技发展的影响下,传统的阅读与写作方式发生了深刻的变化,小小说应运而生,成为当下生活中的时尚性文体。小小说注重思想内涵的深刻和艺术品质的锻造,小中见大、纸短情长,在写作和阅读上从者甚众,无不加速文学(文化)的中产阶级的形成,不断被更大层面的受众吸纳和消化,春雨润物般地为社会进步提供着最活跃的大众智力资本的支持。由此可见,小小说的文化意义大于它的文学意义,教育意义大于它的文化意义,社会意义又大于它的教育意义。

　　因为小小说文体的简约通脱、雅俗共赏的特征,就决定了它是属于大众文化的范畴。我曾提出,小小说是平民艺术,那是指小小说是大多数人都能阅读(单纯通脱)、大多数人都能参与创作(贴近生活)、大多数人都能从中直

1

接受益(微言大义)的艺术形式。小小说作为一种文体创新,自有其相对规范的字数限定(一千五百字左右)、审美态势(质量精度)和结构特征(小说要素)等艺术规律上的界定。我提出的小小说是平民艺术,除了上述的三种功效和三个基本标准外,着重强调两层意思:一是指小小说应该是一种有较高品位的大众文化,能不断提升读者的审美情趣和认知能力;二是指它在文学造诣上有不可或缺的质量要求。

小小说贴近生活,具有易写易发的优势。因此,大量作品散见于全国数千种报刊中,作者也多来自民间,社会底层的生活使他们的创作左右逢源。一种文体的兴盛繁荣,需要有一批批脍炙人口的经典性作品奠基支撑,需要有一茬茬代表性的作家脱颖而出。所以,仅靠文学期刊,是无法垒砌高标准的巍巍文学大厦的。我们编选“小小说美文馆”丛书,是对人才资源和作品资源进行深加工,是新兴的小小说文体的集大成,意在进一步促进小小说文体自觉走向成熟,集中奉献出思想内容与艺术形式兼优的精品佳构,继而走进书店、走进主流读者的书柜并历久弥新,积淀成独特的文化景观,为小小说的阅读、研究和珍藏,起到推动促进的作用。

编选“小小说美文馆”丛书,我们选择作品的标准是思想内涵、艺术品位和智慧含量的综合体现。所谓思想内涵,是指作者赋予作品的“立意”,它反映着作者提出(观察)问题的角度、深度和批判意识,深刻或者平庸,一眼可判高下。艺术品位,是指作品在塑造人物性格,设置故事情节,营造特定环境中,通过语言、文采、技巧的有效使用,所折射出来的创意、情怀和境界。而智慧含量,则属于精密判断后的“临门一脚”,是简洁明晰的“临床一刀”,解决问题的方法、手段和质量,见此一斑。

好书像一座灯塔,可以使我们在瞬息万变的社会不迷失自己的方向,并能在人生旅途中执着地守护心中的明灯。读书是一种积极的生活情趣,一个对未来的承诺。读书,可以使我们在人事已非的时候,自己的怀中还有一份让人感动的故事情节,静静地荡涤人世的风尘。当岁月像东去的逝水,不再有可供挥霍的青春,我们还有在书海中渐次沉淀和饱经洗练的智慧,当我们拈花微笑,于喧嚣红尘中自在地坐看云起的时候,不经意地挥一挥手,袖间,会有隐隐浮动的书香。

(杨晓敏,河南省作协副主席,郑州小小说文化传媒有限公司董事长、总编辑,《小小说选刊》《百花园》主编。)

目录

1

嗨，我要敲你门了

陈　毓

　　陆羽走进小区大门，看见公示栏前簇拥着一圈儿脑袋，每张脸上的表情都有点嬉皮。陆羽凑上去，见一张 A4 白纸上龙飞凤舞地写着：请不要在早上寻欢！

　　陆羽心中窃笑，纵然人家早上寻欢，只要是在自己卧室，还要征询你的意见？她不由地把被指责一方欢快的场面和乱了心的邻居都想象了一番，觉得生活真是有趣。尽管搬来小区两年，可陆羽几乎不认得这里一个人。陆羽当初买这套房时丈夫是坚决反对的，但反对无效。陆羽实在喜欢这样的社区，住在一群陌生人中对她来说有种鱼返浩渺之水的安全感。陆羽不打算和这里的任何人混熟，她喜欢有距离的人际关系。

　　比如自己楼上住着的那对夫妻，她就从未有想要认识他们的心思。

　　陆羽楼上的两口子显然属于相对安静的人，安静到你根本判断不出家里有人还是没人。从偶尔制造的动静可以判断出他们的生活规律，每隔两周的周末，楼上才会有响动……就连他们的争吵似乎都有规律。开场似乎都一样，先是女人低声控诉，男人如寒蝉噤声，偶尔爆一声低低的抗议……间隔不久，是女人隐忍不住穷追的声音，很重的摔打声，最后，终于有一件东西碎在地上。争吵声到此会有一个休止。

　　为什么会这样呢？陆羽每次都会在对方的吵闹摔打声中追问生活。

尽管被惊扰——好在不是天天如此,陆羽竟一次次谅解楼上的"两人战争"。因为知道对方比自己更不痛快? 从对方的不堪生活中比照出自己是幸福的? 一次陆羽在办公室偶尔说起这事,对桌的同事说:"如果我是你,我就上去敲他们的门:凭什么要让邻居陪着他们打斗呢?"陆羽笑意盈盈地说:"我不敢去,我担心人家会把气撒到我身上。"

陆羽淡淡地说:"他们吵的时候我就搬到老聃的屋子里睡觉。"老聃是陆羽的老公。老聃经常出差,不在家的日子居多。

自从陆羽度完蜜月,就和老聃分房睡了,她忍受不了老聃的呼噜声。就这样,结婚五年,陆羽再也不能和老聃在一个床上度过通宵。

陆羽觉得自己是把婚姻思考得透彻的女人,她知道自己对婚姻的期许。作为一个外地人,在这个每天都涌动着数百万人口的城市里,居有定所,身有所依,有自己想要的安若止水的生活,不是很好吗? 陆羽不像很多女人那样,吃丈夫的醋,盯丈夫的梢,她明白如果一个人要背叛你你是看不住的,唯一积极的办法就是设法保持自己在对方心中的魅力。当初陆羽嫁给老聃的时候,就被她的熟人圈子戏称为天鹅肉被癞蛤蟆吃了。陆羽笑着说,我们就是一对和睦相处的癞蛤蟆和天鹅,这有什么不合适呢? 蛮好的。找个一辈子能把握的男人,就是陆羽对婚姻的最大期许,她自信能够好好经营她和老聃的婚姻。

现在,她以楼上那对夫妻为镜子,照见生活的千疮百孔,觉得自己和老聃的安静就是幸福。陆羽想,老聃和自己也有意见分歧的时候,但是,只要她闭紧嘴巴,耐住性子,不和老聃说话,要不了一天,老聃自然会想办法和陆羽和解。这就是生活。

但是这次,老聃在和陆羽吵架后离家了,吵架后不回家,还是头一次。

又一个周末深夜,陆羽再次听到楼上夫妻千篇一律的争吵。咚的一声,惊得陆羽急看天花板上的灯。老聃不在,陆羽搬到老聃的卧室。她看老聃枕边的书——《希区柯克小说精选》,这本书似乎在老聃枕边放很多年了。陆羽随手一翻,就翻到《恩爱夫妻》,说一对彼此有了外遇的恩爱夫妻,丈夫觉得假如自己提出离婚,无疑如杀妻;妻子觉得丈夫把她当生命和荣誉一样爱着,如果自己提出离婚,必定是丈夫的灾难,唯一的办法就是杀了丈夫。丈夫也觉得只有先杀了妻子才是善良的。

陆羽奇怪一本跟随老聃多年的书自己竟然第一次翻阅,正打算看下一篇,楼上恰恰爆发出一声歇斯底里的喊叫,如冰川雪崩,不知道是被小说迷惑,还是受了同事的多次挑唆,陆羽连拖鞋都没换,径直上了楼。

陆羽敲门,轻轻地,再敲门,怯怯地,再敲,这回,就有点不罢休的意思。门在陆羽不抱希望、准备退回去的时候豁然打开,陆羽眼前一亮,旋即一黑,陆羽的脑袋被一件当头飞来的布蒙住了,陆羽随即听见一声吼:"你滚开,今生都不要再见你!"呼的一声,门关闭了。

陆羽把脸从那块布中解放出来,见蒙住自己的是一件灰色男式西装。陆羽陡然看见一枚闪光的啄木鸟袖扣,把自己吓了一跳,这枚袖扣不正是上月老聃过生日时自己送给他的礼物么? 陆羽下意识在衣服口袋乱摸,她竟然摸出了老聃的皮夹子。

陆羽站在那扇紧闭的铁门前,只觉眼前有无数的羽毛在飘飞,又似乎是茫茫的一片白雾兀自弥漫。

化 蝶

陈 毓

"落架的凤凰不如鸡",这样的感叹都不足以形容他的心情。

而在他的同事、朋友、亲戚眼里,从前的他是那么高高在上,那么高高在上的人,怎么会忽然坠落至谷底,跌地即成罪犯呢?同时,他们怨愤他,觉得他的行为伤害了他们的信任。于是,从前的同事说,这人藏得多深啊。朋友也说,其实我们一点也不了解他。亲戚跟着感叹,在我们老实巴交的族群里,他从来就是一个异类。

这些嗡嗡嘤嘤的议论,他是听不见的,因为监狱的大墙是那么高,在他看来,高到连白云都飞不过。

他绝望极了,了无生趣,生不如死。

只有妻子没有放弃他,每一个探视日都来监狱看他。每一次短暂的会面,她都刻意打扮得光鲜亮丽,把微笑毫无保留地给予他。有一次,穿过电话线,她对他说,没有办法亲近你,只能把笑脸灌进你的大脑,让你想要忘掉我,都不能够。

妻子的言语使他羞愧,以前妻子是一个多么单纯、不善表达的女人啊,现在她对他笑,却难掩饰她的心事重重。

他应该自责,正是自己的贪欲,把妻子和儿子推进眼下难堪的境地。

妻子坚持在每一个探视日都来看他。他知道这多么不易。

这一次,妻子带来了他们的儿子。见到儿子是他一直渴望但从来不敢说出口的梦想。此刻,儿子就坐在他面前。儿子的小手贴在玻璃的这一面,他的大手贴在玻璃的另一面,掌心相对。他忽然想,儿子心中的父亲,还是那么可靠与高大吗?

儿子正处在一个心里装着"十万个为什么"的年龄。但是今天,儿子的提问让他心里一片塌方。儿子问他:"爸爸,犯人是什么变的?"

他看儿子瞳孔中反照出的自己,如此的陌生与奇怪。儿子眨动眼睛,说他和班上的同学争论,罪犯是啥变成的?

小笕说:"犯人是老鼠变的,喜欢在暗处偷偷摸摸,偷这偷那。"

小离说:"犯人是猴子变的,要不怎么会被关在笼子里呢?"

黑牛说:"犯人是潜水艇变的,喜欢潜着,潜进一个地方很久都不露脸。"

我觉得这些和爸爸都对不上号,爸爸说犯人是什么变的?

妻子下意识要阻止儿子,但瞬间又沉默了,温柔地保持沉默,低头看看孩子的脸,再抬头看看丈夫的脸,如同一场辩论赛中深沉的裁判。

知道他面对儿子提问时内心的惭愧与尴尬,聪明的妻子解释说,她最近正给儿子读《昆虫记》。那本书还是他从前在家时买的。

妻子的话倒是提醒了他,他猜测,在孩子的意识里,还弄不明白什么是罪犯,只知道犯人就是坏人,困惑着像爸爸这样的好人怎么会是罪犯?像爸爸这样的罪犯什么时候才能变成好人? 一定是这样的。

于是,他轻声反问儿子:"是否留意到《昆虫记》中蝴蝶那个章节?记不记得蝴蝶是由昆虫衍化来的? 一只昆虫变成彩蝶的每一个过程,可否记得清楚?"

"高鸣枝头的蝉也是蝉蛹经过好多年的修炼之后才蜕变成的。"他微笑着解释。

看着儿子清澈的眼睛,看着那清澈瞳孔中自己的映像,他像个小学生回答老师的提问一样认真,一字一句——

"在爸爸看来,当人的心,还有大脑,出现故障的时候,这个人可能会做一些不该做的事情。但他做了那些事情，就要受到法律的惩罚，这是他应该付出的代价，比如被囚禁，失去自由，这促使他重新思考人生。就像爸爸现在，期待新生，如同蝉蛹在泥土里忍受黑暗的煎熬，渴望有一天变成枝头唱歌的蝉一样。"

隔着厚厚的玻璃墙，他的手做出一个紧握儿子那只手的姿势，仿佛那一握，能给自己力量，也能给儿子传递信任。

现在，爸爸的答案是："每一个犯人可能都是一只蛹，学好了就变成了蝴蝶，变成了蝉；如果学不好，永远只能是一只蛹，被埋在黑暗的泥土里。"

"当然，阳光、花香，是蛹化蝶、化蝉的动力。"

他说话越来越快，越来越流畅，仿佛在发表一个千人倾听的演讲，而不只是对着一堵玻璃墙外，只能从听筒里和他通话的他的小小的儿子。

孩子忽然问："爸爸，那你什么时候才能变成蝴蝶呢?"

他愣住，忘了回答。

妻子好听的声音从听筒传来，替他回答："爸爸再有两年就变成蝴蝶了。"

玩　玉

聂鑫森

　　D市博物馆副馆长闻风，素来阴沉着的脸，忽然转晴了。见着馆里的任何一个人，他都会主动迎上去，笑眯眯地打招呼，嘘寒问暖，不是亲人胜似亲人。

　　他原是文物局政工科的一名科员，三十五岁时，被派到博物馆来任副手，眨眼间就五年了。原想熬上两三年，疏通好各方面关系，"扶正"应该是轻而易举的事。但他想错了，博物馆是个学术气氛很浓的地方，讲究学历、职称、资历和学问，他一名行政干部，面对金石、书画、瓷器、杂项，两眼一抹黑，说不出个子丑寅卯，谁能服他？何况，馆长白苇秋虽说已五十好几了，但做人做事让人挑不出毛病，且是文物界著名的鉴赏家，著述多种，尤对古玉等杂项独具慧眼，指望他退位，还有一段不短的日子。

　　可白玉也不是绝对无瑕，闻风终于抓着白苇秋的把柄了，他能不转忧为喜？

　　按历来的规定，凡博物馆工作人员，是禁止去购买和收藏古玩的，因为，他们每天都要接触公家的大量古玩，要做到一尘不染，谈何容易？唯一能证明他们清白的，是家中绝无古玩的痕迹。一向标榜自己从不去古玩市场的白苇秋，在一个冬日的上午，却戴着口罩，围着围巾，身后还跟着一个年轻女人和一个中年汉子，在古玩市场转了一大圈，还买了不少的小玩意。

有一个古玩商,曾到博物馆来请教过白苇秋,他记住了白苇秋右耳垂上的一颗黑痣,因此,当这一行人走出他的店铺时,他给闻风打了个电话,信誓旦旦地说:"当然是白馆长,错了我负责!"

闻风嘱咐他不要到处乱说,他得认真做些调查,但有一点,他可以肯定,白苇秋为什么蒙着口罩——心里有鬼嘛,还不是怕人认出来!

这些日子,闻风没有惊动任何人,上班准时来,然后就借故开溜,直奔古玩市场去明察暗访。要扳倒一个人,首重证据,必须有当事人的纸写笔载。在这方面,他不会心慈手软。

他拥有的证据,越来越清晰了。

白苇秋在一家叫"雅玩斋"的古玩店,买了一块淡红色的"寿"字玉佩,花了三千元。老板说材质是红翡的,白苇秋答:"不是。是白玉,淡红的是汗沁、血沁、土沁。"钱是那个中年汉子掏的,玉佩却由那个年轻女人收进了小挎包。

在崇古阁,白苇秋看中了一只青玉手镯。老板说那玉中含着几滴水,摇起来还动。很多顾客都说这镯子是玉石合成材料做的,要不怎么会有水在里面? 所以开价才两千元。"那个戴口罩的人很大方,没有还价,很爽快地买走了。"

在求古居,白苇秋买走了一个晚清时的紫檀雕花笔筒。

在采珍馆,白苇秋买走了两只古旧的铜马镫……

至于那个女人是谁,闻风一直没调查清楚,但可以猜测,那准不是个什么正经东西,而且和白苇秋关系暧昧,要不这些贵重的古玩,怎么由她收着? 中年汉子也不知是什么出处,应该是白苇秋的"跟班"兼"财务大臣",土不拉叽的样子,却是靠得住的。

闻风的调查,做得相当细致,也相当保密。证据更是一环扣一环,严丝合缝。他以博物馆负责人的身份,先听当事人叙说,一边听一边记录下来,然后让其过目认定,若无出入,请其签名、盖章。证据的第一环,是打电话给闻风的那个老板,指证在何日何时发现白苇秋及另两个人到了古玩市场,又是怎么从那颗黑痣上确认无疑的。接下来,是根据时间顺序,在去过的那几家古玩店购物经过的口述实录。

铁证如山,不压死白苇秋才怪。

闻风又亲自撰写了一封"检举信",连同所有的材料,兴高采烈地送到了文物局的纪委办公室。

他知道纪委收到材料后,还要进一步调查核实,花费的时间会长一点,但他相信,天大的喜讯会如期而至。

一个月过去了。

D城的《都市新闻报》,忽然在头版刊出了一篇通讯:《白苇秋破例识古玩 民工妻赴沪喜换肾》。

正在翻阅报纸的闻风,触了电似的猛地跳起,然后又无力地坐下,睁圆一双眼睛,急急地读下去。

白苇秋果真去了古玩市场,果真购买了古玩。跟随他去的两个人,一个是D市慈善总会的副会长林菁;一个是农民工劳犁,他租住在D城的一条小巷里,和白苇秋是邻居。劳犁的妻子肾衰竭,命悬一线,白苇秋曾捐助过不少钱,但要从根本上解决问题,只有换肾,而换肾需要五十万元的巨款。

白苇秋没有什么积蓄,他领着劳犁去了慈善总会求助,可人家财力也有限,求助者太多了,顶多能拿出几万元。思来想去,他只能破例去一趟古玩市场了,凭借他的眼力和学识碰碰运气。但他不能不慎重,从银行取出仅剩的存款两万元交到劳犁手上,在选好古玩后由他付款;又请了林菁一路同行,买好的古玩由她暂收。他手不过钱也不过物,以免他人说闲话。之所以要戴上口罩,是怕古玩商认出他,导致看中的东西不肯出手。

老天有眼,白苇秋居然就"捡漏"了,以很便宜的价格,买到了"宝贝"。那只青玉镯子,玉中含水,称之为"空青",稀罕至极。那块"寿"字玉佩,似玉而分量却轻,有点像琥珀,名曰"脱胎",为玉中之玉、玉中之王。这玉佩先是被死人佩着入葬,经历数百年受了尸气,出土后又佩在生人身上,尔后再陪葬、再入土。入土出土两三次以上者,方为"脱胎"。把它放入一碗水中,水

会变得通红。

所有古玩的出手，都是白苇秋亲自打电话给一些大收藏家的，但钱货交割时，林菁、劳犁和他都在场。"空青"卖了十五万元，"脱胎"卖了三十万元，其余的古玩共卖了七万元。都由林菁交给了劳犁。

劳犁要退回白苇秋垫付的本钱。

白苇秋说："你们留着用。我们一家，每月都有工资哩！"

闻风看完报纸，失望、痛苦、愤懑、惊恐，百感俱生，然后，又渐渐地冷静下来。他想：明天是星期五，按规定，上午是业务学习，何不出个通知，组织全馆人员学习和讨论这篇通讯呢？这件事，就不用和白馆长商量了。

他移近桌上的电话，拨起了办公室的号码……

老人与秤

孙春平·

　　我家曾有一盘秤,不大,最大量只可称十斤。秤盘是白铁皮的,椴木的秤杆,再加一个鸭蛋大的黑不溜秋的铸铁秤砣,都极普通。

　　昔日的城里人家很少置备这东西,不像时下的老头老太太们,去了菜市场,听小贩们报出的斤两不对头,就可能像使暗器般从掌心里亮出弹簧秤。缺斤少两是眼下的多发病常见病,不小心真是不行啊。

　　我家的那盘秤是二十世纪六十年代初添置的。那个年月,上了岁数的人记忆犹新,通行都懂的说法就是“挨饿那几年”。我家姐弟六人,一差两岁,肩挨肩,一见饭锅腾起热气,眼睛里就窜出狼眼似的光芒,为谁多吃了两口,谁少舀了一勺而争吵打闹的事没少发生。爸爸妈妈见光生气吆喝没用,就买来了这盘秤。做饭投米投面时斤斤计较,分配到家庭各位成员碗里时也不差分毫,这既包括分饼子分窝头,也包括分稀粥分疙瘩汤。在这个问题上,爸爸妈妈采取的是同为骨肉、一视同仁的原则,和孩子们一样“均贫富”。其实这样一来,最吃亏的是爸爸了。爸爸是火车司机,一月定量是四十斤。第二吃亏的就是妈妈和两位姐姐,她们的定量已是二十六斤。但爸爸一语定乾坤,说老的保护少的,大的爱护小的,什么亏不亏的,一家人,就这样分!平均分配的原则让我省了不少事,每顿饭称出总量,我再除以八,也就有了结果。那时我上小学,已经学会使用除法了,没读过书的妈妈便让我当她的账房先生。

那盘秤，在我家的使用其实只是那几年，后来就渐渐淡出，丢藏在了柜橱里。挨饿之后的年月，虽然食品还是不那么充足，但毕竟不需斤斤计较了。寻常百姓之家，只要不危及生存，亲情便重归了首位。老秤被重新派上用场，竟是数十年后。小弟所在的工厂关了大门，让工人去自谋职业，歌里唱的是"大不了，从头再来"，听着真挺豪迈。小弟推起了手推车，上面有时载时鲜果蔬，有时是五谷杂粮，手中使用的工具便是那盘老秤。有一天，一位大娘找到家里来，手里提着一塑料袋小米，敲开房门便鼻子不是鼻子脸不是脸地对老父说，你老爷子一辈子老实巴交的，怎么还养了个坑蒙拐骗的儿子？我只买了三斤小米，你儿子就少给了我二两多。老父勃然变色，急令老母快去找小弟，说："你让那个浑犊子立马给我回来，就说我要咽气了！"小弟回到家来，老父当着那位大娘的面，一手抓秤砣，一手摇秤杆，立刻感觉出了异常，他就是用那只秤砣一下将秤杆砸断，又重重一脚踩在秤盘上。"撅秤杆"是我们这里约定俗成的规矩，就是说，失去信用，此人便再做不得买卖了。从那以后，小弟四处打工，挖水沟，扛水泥，推煤渣，直至今日，再不沾染生意场。

父亲辞世是在前年，九十高龄。弥留的日子，老父从床头柜深处摸出那只乌黑的秤砣，端端地放在床头柜正中。我们问："你老人家把这东西放在这儿干什么呀？"老父神志一直清醒，喘息着说："都不茶不傻，自己琢磨吧。"

从此，那只秤砣便一直端立在老父老母的遗像旁。冥冥中的二位老人，仍慈祥，仍严厉，似在无声地提醒叮嘱我们，不要忘记曾经的艰辛，不可丢掉拳拳的亲情，尤其是，不管何年何月，诚信忠厚，才是做人立世的根本。我们每每站在二老的遗像前，迎着那殷殷的目光，耳畔便似响起铁铸的叮咛，不管心头曾经泛起怎样的功利与浮躁，都被那秤砣稳稳地定住了。

真 相

孙春平

退休前，老徐担任过很多年领导。因为当领导，他就有过许多次的讲话，有时兴之所至，他扔掉讲稿，回忆起年轻时的一些往事。其中他说的次数最多的，是他当年从乡下抽工回城，进了一家工厂，两月后的一天，乡下突然来了两个人，直接进了厂领导的办公室，掏出介绍信，说小徐是个难得的好小伙，他们是受全村所有贫下中农之托，来请小徐重回村庄，不论什么条件，要钱请开价，要人可以在还留在乡间的众多知青里随意挑选。厂领导笑了，说乡下人可真会开玩笑，小徐眼下已是国有企业的正式职工，只怕你们就是去找市领导，我看也难答应。乡下来的人磨蹭了一阵，只好讪讪而退。这件事后来小徐听说了，厂领导还拍着他的肩膀说，小伙子，好好干，乡下的贫下中农舍不得你，厂里的工人师傅也期望着你。小徐从厂领导的描述中，猜知乡下来的两个人一个是大队书记，一个是生产队长，可谓足够强大的外交阵容。

小徐的知青生活是整整三年。依老徐的回忆，在那一千多个日日夜夜，他白天和社员一块抢镐头挥镰刀，夜间则四处巡查护秋，到了最后那年，他还当了生产队会计。当会计他也不脱产，所有的账目他都伏在油灯下打理。当时乡下的最好劳力一年也就挣上三千多工分，可他哪年都挣四五千，最后那年是六千多，尽管当年的工分很不值钱。除了没日没夜地忙碌，小徐还从没犯过其他知青好犯的偷鸡摸狗的毛病,也从不跟女知青或村里的大姑娘小媳妇钻高粱地。用当下人们夸奖某些年轻人的话语说,当年的小徐绝对够得上一阳光男孩,阳光得无比灿烂,毫无瑕疵。听老徐深情地回忆往事,人们知道已日渐老去的老徐在借此抒发自己的骄傲,也借此告诫年轻人,要珍惜宝贵时光,走好脚下的每一步。有人问:"你后来可曾又回到乡下看看吗?"老徐摇头说:"我实话实说,哪敢啊!尤其是听说乡下人来过厂里后,我不知在睡梦里回过乡下多少次,可一觉醒来,就赶快把那念头掐断了。有两回,我把车票都买好了,可临上车,又打了退堂鼓。乡下的日子,真是苦。我在乡下玩命地干,可不是多么依恋那片土地,我是盼着一旦有抽工的机会,早点回到城里来。如果我回去了,村里人盛情挽留,我可怎么应答?不答应要伤人家的心,答应了又不是我的本意。所以从那以后,别说回去看一看,害得我连往乡下写封信都不敢了。"

老徐做人做官都挺实在,由此可见一斑。

老徐退休时,正值他们那一茬知青下乡四十周年。老同学们张罗着故地重游,老徐也跟着去了。昔日的大队书记人已作古,老队长也已是耄耋之人。坐在热腾腾的炕头上,老徐和老队长手拉手不放开,自是要聊起当年去城里要小徐的事。老队长说:"为你的事,当年我和大队书记可难透了心。事情已过去这么多年,眼下你也退了休,那我就照本实发,有啥说啥吧。当年你走得急,把生产队的账目丢在那儿,我们选了几个人,可不管是谁,接过账本又都扔下了,死活不肯接,只怕沾了埋汰抖落不清。你丢下的那本账可是太乱了,连个科目都没有,就是那么一笔笔的流水账,一团乱麻,哪有个头绪?有人说,这么乱的账,没有鬼才怪呢。我和大队书记核计来核计去,才打算把你再找回来。"老徐大惊,万没料到当年的真实情况竟是这样。细想想,当年下乡时,虽说读完了初中的课本,会解一些方程式,却哪里学过会计,又哪里知道生产队的账目还须分科目搞成本核算,只以为把账记下来就是了。他问:"那当时你们对厂里怎么不实话实说?若说了,也许厂里就放我回去了,哪怕借用一段时间呢。"老队长说:"那步棋我们也不是没想过,不是怕给你弄出啥不好的影响嘛。小伙子在乡下没黑没白地干，真要让厂里以为有啥经济问题，那往后还咋在城里混。我俩核计的结果，就是雇个趁手会计先把这团乱麻好好摘一摘捋一捋，重新立个账，要是顺当了呢，重找人接管；要是发现了什么问题呢，再公事公办不迟。没承想，三个月后，雇来的会计竟是又惊又喜地告诉我们，别看以前的小会计不懂理账，却是笔笔有踪，一笔没丢，一分钱也没差。"老徐听到这里，总算长舒了一口气，叹息说："这相当于雇人替我理账，生产队又开销了一笔工钱呀。"老队长笑说："生产队可不白出这笔钱。你走后，再没向队上提年底分红的事，我们把你的工分归拢在一起，按着分值，都当成工钱给了雇来的人。将打平，都不亏，哈哈。"

后来的日子，老徐作为老领导，不时参加关工委（关心下一代工作委员会）的活动，也不时给年轻人做报告。当年乡下来人要他回去的那件事有时他仍会提一提，当然，旧事重提时他会将老队长说出的真相也讲出来。有调皮的年轻人发问："老领导讲这个故事，是不是想说学不学专业知识并不重要呀？"老徐则忙摇手说："千万不可这样理解。我想说的只是，若是缺了赤子之心，只怕专业本领越大，越会做出鬼抹眼障的恶事呀！"

头发长了，是要剪的

安石榴

　　这个心事是悄然生长的。起初力道根本没有注意，悟到的那一刻，力道自己都惊出一身汗来。那天，在洗手间里，他背对着门，穿着全棉黑T恤、椰林沙滩裤，撅着屁股，疯狂地刷地。如意开了房门进屋来，洗手间的水淌成激流，发出的哗哗噪声掩盖了如意的关门声。力道的后背也没长眼睛，他仍然撅着屁股专心刷地。如意轻轻走到力道的背后，想吓他。她举起手飞向他的屁股，就在最后一刻，她突然发现不是阿冕。此时力道的潜意识也一定有所察觉，一瞬间就转过身来。如意叫了一声，大笑起来，颤颤地弯下腰，无力地垂下手说："好险！你们两个为什么买一样的衣服呢？我还以为是阿冕呢，手差一点就打下来了啊。"

　　"你真的打下来多好啊！"力道脱口而出，出口之迅疾跑在了他意识的前面，脸上即刻跟进他的渴望和迷茫，两眼呆呆地、赤诚而热烈地望着如意。

　　如意愣了一下，脸刷地红了，讪讪地走开。

　　他们是合租，如意和阿冕是一对同居恋人，力道和阿冕是最好的哥们儿。

　　洗手间的水龙头还在哗哗地流淌，力道看到镜子里自己那陌生的脸，他木然地伸出手去，水马上就停了。可是风从南北窗灌进来奔出去，一团一团，没完没了。

从此,如意和力道在狭小的空间里相遇时,四肢僵硬,面部麻木,心跳过速。两人之间没有镜子,却分明在对方的脸上看到了自己的内心世界。

这是一个很尴尬的状况,力道觉得不能回到从前的关系了,而目前的关系又的确无法让双方安顿,至少他不能。在力道看来,这是前进半步生、后退半步死的绝境,无论如何已经不能回避。于是某一天,力道咬咬牙,偷偷地把一只藏银手镯放进如意挂在客厅壁柜里的风衣兜里,又在如意上班的路上给她传了信息:爱我,在左;否则,在右。

这一天,力道几乎想去医院了,他的心脏狂暴地企图挣脱胸肌的束缚,冲破宽阔坚硬的肋骨。如意很晚才回来,坐在客厅看电视的力道紧盯着她挂衣服的动作,那只银手镯在右腕上放出遥远高原的神秘之光。

力道莫名其妙地松了一口气。也许气息松弛过度,力道顿感虚弱萎靡。他病了一周,也想了一周。挫折变成羞愧。他觉得他的确是太放任自己的行为了,他不够爷们儿,不是汉子。阿冕是他的哥们儿,可当力道陷入迷乱之时,却并未设身处地地为阿冕着想过;力道病了,不能起床的时候,却是阿冕料理他的生活。

当力道摇晃着身体走出自己房间的时候,如意仍然在南方出差。力道觉得这是个好征兆,他可以借此段时间把自己残存的不安彻底压服下去。

日子就这样滑过去。忙碌或者悠闲,紧张的压迫或者一个小成功的快乐。这一切充实着力道的生活,让他回到往昔的轨道上来,尴尬也被年轻的情怀释放掉了。

中秋节到了。阿冕、如意、力道三人吃了一顿异乡饭,就移到阳台上去喝茶赏月。月光轻柔地铺展下来,宛若薄如蝉翼的轻纱。在持续的、一层一层慷慨铺展的过程中,三个人沉醉在彼此的目光中。阿冕为自己美满的爱情和赤诚的友情吟唱着一支古老而迷人的歌谣;如意坐在一只摇椅上轻轻摇着那歌谣的旋律;力道站起来,走到边上去,靠在阳台的栏杆上,他是故意制造一点距离,让那一对恋人变成一幅静谧幽雅的油画。力道的目的达到了,他眼里满溢着陈逸飞油画里蕴含着的悠远宁静的美!当力道把目光引申到欣赏细节上的时候,他的耳朵轰鸣了——如意的左腕上神秘的藏银手镯发出芒刺一样幽蓝的光。

第二天早上,阿冕起来发现力道的屋门大开,屋内空空如也。随后阿冕在共用的客厅茶几上发现一把房门钥匙和一张打印纸。打印纸上用记号笔写了黑粗的几个字:头发长了,是要剪的。

酒　品

袁炳发

一个人孤独时,常想起我早些年在县城工厂时的几个朋友和一些事情来。

大莫、小军是我在工厂时最要好的朋友。

那个工厂是大集体编制,归县二轻工业局管辖,大莫、小军和我都是通过招工考试进到那个工厂去的。

此前,尽管我们仨同住一个县城,但素不相识。

走进这个工厂之后,说不清是什么原因,让我们仨走得特别近。

下班后,我们仨经常去一家小酒馆里喝酒。那时,都是二十多岁,身体好,火力也旺,敢喝。我们仨经常是一坐下来,就得要喝上几瓶子白酒方肯罢休。最后的结果是,我和大莫经常醉得糊里糊涂,是怎么回的家都不知道。

第二天上班时,小军告诉我和大莫说,昨晚是我一个又一个把你们送回家的。

大莫不好意思地抓下头说:"小军好酒量。"

我在一边有些不服地说:"咱俩喝多以后,那白酒就是凉水了,只知道往肚子里灌,谁还知道小军喝没喝呀!"

小军显然不爱听我的话,说:"爱信不信,反正我喝了。"

在工厂时,我就开始写小说。那时,总写不发表,每天都有退稿。退稿有时把我的心情弄得很糟,精神疲惫不堪,也痛苦不堪。在这种情况下,大莫和小军就请我喝酒消愁。借酒消愁愁更浓,酒桌上,面对退稿的打击,我泪流满面。这时,他俩就安慰我,劝我别灰心,还说有志者事竟成。

有一次酒后,我们突发奇想,也来个桃园三结义。

于是,冬天的月亮地儿上,我们仨磕了头,拜了把子,成了兄弟。以年龄顺序排位,大莫称大,我为二,小军是三弟。

结拜之后,我们仨真的是义气当头,哥仨无论谁有事,不往后看,只往前冲。

老大家父母是双职工,日子宽裕一些。老三父亲去世早,家里妹妹上学,母亲又无工作,日子过得很艰难。

我们在一起喝酒时,老大除了不让我和老三拿一分钱,平时还总从自己的兜里往外掏钱,贴补老三的家用。

我帮不上老三,家里的母亲长年卧病在床,好在有我和父亲上班挣钱支撑着日子,好歹比老三家强一些。

老大的举动,常让我和老三心里有无限的温暖。人生的旅途上,能遇到这样的好大哥,这比什么都值啊!

我们仨在电器维修车间,经常缠电机。老大和老三在六个月时间内,就已经熟练地掌握了嵌线的缝式、交叉式、同心式、双层、单层等程序。

而我工作了八个月,对这些程序也只是略知皮毛。

老大干活脚踏实地,老三是心灵手巧,我则笨拙如牛。

师傅经常对我们仨下断语,大莫和小军天生就是干活的料,说我不是工厂的这根葱,早晚得飞。

师傅还说,大莫和小军在工厂能出息起来。内心里,我期待着师傅的话能够显灵。

光阴毫无遮拦地向前奔跑着,一晃七八年过去了,我们仨也相继娶妻生子了。我们兄弟的情分也并未因有了各自的家庭而显得生疏,依然如火一样旺盛地燃烧着。

又是几年后,师傅的话果然灵验了,老大当上了厂长助理,我当上了专职的团总支书记,老三当了车间主任。

这时的我,已在省内外报刊上发表了很多小说。

在老大从厂长助理升成厂长后的那年秋天,我因创作成绩突出,被调往省城搞专业创作。

搬往省城的前一天晚上,老三省外出差未归,老大给我送行。

记得那晚上,我和老大说了很多推心置腹的话,至今我还记得。

我告诉老大,工作是工作,情谊归情谊,工作上的事,你也不能尽把掏心窝子的话对老三讲。

老大听后,急了,拍桌大怒说:"老二,你什么意思? 莫非你走了让我和老三掰了不成?"

我说:"不是,我就觉得老三太冷静了,冷静得可怕。大哥,你想一想,我们哥仨在一起喝酒十多年,他竟一次没醉过。"

老大横眉竖眼问我:"你是说酒品见人品吗?"

我说:"是。"

老大站起身,甩给我一句话:"亏你还是个作家呢,老掉牙的理论!"

说完,老大走了。

调来省城后,我和老大、老三时不时地通个电话,互相报个平安。

一年后,老三晋升为副厂长,这其中肯定不乏老大暗中的疏通、周旋。

有一段时间,为了完成一个中篇,我没有联系老大和老三。

有一天,以前县城工厂的一位同事来省城办事,我请他吃饭。

吃饭时,同事告诉我:"你大哥被你三弟干下去了,你三弟当了厂里的一把手。"

我大惊:"什么?"

朋友又接着说:"你大哥没拿你三弟当外人,什么事也不瞒着他。你大哥外边有一个情人,额外有一些花销,就被你三弟给记了黑账,捅到上面去了。"

听到这个消息,我心里久久舒畅不起来,直到今天。

漂 亮

袁炳发

潘晓长得的确很漂亮，这可以从她走在大街上，人们给予她的注目礼中找到佐证。

潘晓上大学期间，追她的人可以用不计其数来形容，甚至达到在校园里，男生对潘晓前堵后截向她求爱的程度。但所有这些，都被潘晓的那双怒眼给吓退了。偶尔，潘晓也会对追她的男生们露个笑脸，问："你喜欢我什么？"

男生们的回答都惊人得一致："你漂亮！"

潘晓听后，笑笑走开。

令潘晓奇怪的是，全班男生几乎都在追她，而唯独徐大军对她缄默不语，金口难开。

一个从农村考上大学的穷孩子，有什么了不起。好奇的潘晓就主动约了徐大军，见面就问："徐大军，男生们都在追我，你怎么不追？难道我不漂亮吗？"

徐大军想了想，说："潘晓，你让我说真话还是假话？"

潘晓说："废话！当然是真话。"

徐大军就说："你长得并不漂亮，但你比其他女生会打扮，仅此而已。"

徐大军这句话一下把潘晓噎住了，半天没再说一句话。

就是这句话，让潘晓有意无意间喜欢和徐大军接触起来。接触多次后，潘晓才知道，这个平时不怎么言语的徐大军，竟然读过那么多书，他对许多事物的分析，都让潘晓听后觉得极为新鲜。

就这样，潘晓喜欢上了徐大军。

消息传出后，男生们差点没把肺气炸了，都说，他徐大军凭啥能耐赢得潘晓的芳心？真是邪门儿！

肺气炸也好，邪门儿也罢，所有这些都并未阻止潘晓走向徐大军的怀抱。大学毕业参加工作后，潘晓就和徐大军结了婚。

从女孩变成女人后的潘晓，尽心用力地操持着自己的日子。

潘晓和做女孩时一样，仍然保持着爱美的天性，喜欢打扮，喜欢名牌服装，喜欢化妆品。

有时下班吃过晚饭后，闲着没事，潘晓就又问起徐大军以前的话题："你说我到底漂亮不漂亮？"

正在看书的徐大军，头都没抬，说："不漂亮，会打扮，仅此而已。"

潘晓听后没话，扯开被子自顾自睡去。

有一天，潘晓和同事去逛商场，买了一条新款白吊带裙子，回家后穿上，在镜子前左照右瞧，问徐大军："你看我穿这裙子漂亮吗？"

徐大军左看右看了半天说："不好！不好！整个一村嫂形象。"

潘晓一下没了兴趣，脱下裙子摔在床上，坐在沙发上生气，然后喊："徐大军，告诉你，今晚的饭我不做了，以后所有的晚饭我都不做了！"

徐大军说："好，以后所有的晚饭我都包了。"

一次，潘晓单位聚餐，潘晓喝了一点酒，面色绯红回到家，很兴奋地告诉徐大军说："今晚在餐桌上，单位的每一个同事都夸我漂亮。"

徐大军说："那是大家都在忽悠你。人最重要的是，应该知道自己是怎么回事。"

潘晓说："徐大军，你的意思是我不知道自己是怎么回事？"

徐大军肯定地点点头。

潘晓陷入了沉思。

从此,潘晓像变了个人,家里家外沉默寡言,不爱和同事逛街了,不喜欢名牌服装了,不喜欢化妆品了……

有一次徐大军去外地出差,潘晓在家收拾整理旧书刊时,竟意外地发现徐大军读大一时的一本日记。潘晓翻开日记,在其中一页上读到这样几句话:走入大学课堂已经有几个月了,但我最近上课总是魂不守舍,因为在我们班里,有一个很漂亮的女孩,她叫潘晓,上课时,我总在偷窥她……

潘晓合上日记本,眼里涌着泪水自语,天哪! 怎么会是这样?

潘晓忙跑到穿衣镜前看自己,鱼尾纹已然爬上了她的眼角。

几天后,徐大军出差回来,潘晓就向他提出了离婚,那口气很坚定。

徐大军目瞪口呆,问:"为什么?"

潘晓的回答简单利落:"因为我漂亮。"

疏 远

袁炳发·

郭超和范稳是大学里的同班同学，又是同一寝室睡在上下铺的兄弟。

这样的关系，自然是构成好朋友的首要因素，除此之外，更重要的是郭超在求学期间每遇困难，范稳眼都不眨一下就出手相帮。

郭超来自农村，父母都是靠土地过日子的农民。郭超有一弟一妹，一个读高中，一个读初中，日子窘困自不必说。

范稳家在小县城，父母都有工作，父亲还是国税局的局长，范稳又是独生子。与郭超家的生活相比，那简直是天壤之别。

大学读书那几年，郭超穿的衣服几乎都是范稳花钱给买的。有时郭超当月的饭票不够了，范稳便悄无声息地给买来，放在郭超的床头。

范稳的举动，常常让郭超感动万分，眼里涌着泪握着范稳的手说："兄弟，你是我的亲兄弟呀！这份情我会记一生。"

范稳听后说："你不用把这事挂在心上，朋友之间这都是应该的，否则就不叫朋友了。"

郭超听后点点头，用力握了握范稳的手。

大学毕业后，郭超进了区机关；范稳因为热爱诗歌，去了一家杂志社当编辑。

几年后，郭超当上了科长，而范稳却仍然是编辑。

此时，郭超与范稳都已结婚成家。因为是好朋友，闲时或节假日，两家常在外面一起吃饭，无论是小馆子还是大酒店，都是郭超结账。

范稳每次站起来争着要埋单时，心直口快的郭超爱人不容分说硬把他按在座位上，说："这账必须你哥结，他是科长，经济实力肯定比你强。再说，他这是报答你当年对他的好。"听了这话，范稳无奈地摇摇头。

又是几年后，郭超升了处长。

真是夫贵妇荣，再去酒店聚会时，郭超的爱人也跟着财大气粗起来，点起菜来轻车熟路，什么鲍鱼、海参、鱼翅、五粮液，点起来轻松自如。

吃饭时，郭超的爱人更是热情，用公筷不住地往范稳爱人盘子里夹菜，说："吃吧，别拘谨，这几个小菜不算啥！前天我和你哥请人家吃饭，光茅台酒就一下喝了七瓶。"郭超爱人声音突然提高了八度说："你知道现在茅台酒多少钱一瓶吗？说了吓你一跳！"

范稳的爱人就真的被吓得双肩一耸动。

郭超爱人还要说什么，被郭超拦住了说："来，先喝酒，别尽听你说了。"

四个人各自喝了一口红酒后，范稳的爱人说："当官真好哇。几瓶茅台酒就够我们过一年的日子了，现在我连给范稳买双鞋垫都得掂量一下。"

郭超接话说："弟妹这话太幽默了，至于吗？其实，我们也是口挪肚攒那几个钱，请人吃饭只是装大方充大头罢了！"

郭超爱人这时看了一眼郭超，插话说："说什么呢？听不懂。"而后又把脸转向郭超说："哎，老郭，前段时间你拿回来的那两块劳力士给范稳一块吧，你不一直叨咕着要报范稳的恩吗？"

郭超忙说："好，好。其实这表是一个朋友放到我这里，委托我保管的，但送给我老弟还是没问题的。"

郭超爱人听后，愣了愣，用眼睛看了郭超好半天。

后来，让范稳夫妇奇怪的是，再聚会时，郭超不带爱人来了。问郭超原因时，郭超的解释是爱人工作忙。

渐渐地，郭超和范稳之间的联系少了，后来竟断了联系。

现在,范稳有时看着自己手腕上的那块上大学时父亲给买的电子表,不无感慨地想,当年和郭超上下铺时,我怎么就那样傻呢?

青　花

邓洪卫

　　青花是个女作家，名字乡村，文章城市。写都市女性的小资生活，颇受读者青睐，也受男作家追捧。

　　男作家中，有一人唤作青蛙。名字也乡村，文章也城市。善写都市男女之情爱，出了多本书，每本书都情爱交织，什么燃情都市、爱欲城市，最近正出一本书，叫《姹紫嫣红》，写的是各式女性的情感故事。

　　青花和青蛙在同一个省的两个市。青花参加过多次笔会，与众多文友相熟，却从未见过青蛙。青蛙不喜热闹，很少参加此类活动。青花读过青蛙多部情感小说，深觉作者情感复杂、阅历丰富，一定是个柔情似水敢爱敢恨之人。如此人物，却多年未见，甚憾。越不见越感神秘。

　　机缘在一个夏天到了。

　　省内有一城市，市中有一大湖，叫骆马湖。骆马湖的作家组织一个活动，请省内外一些知名作家参加。主办者跟青花颇为相熟，请青花赏脸光顾。

　　青花原本另有安排，却不好当场推辞，遂问，还有哪些人？主办者说了一大串名字，其中有青蛙。

　　青花忽然就有了一种期待，推了另一场活动。

　　如期而至。青花在骆马湖见到青蛙。

青蛙偏瘦。人长,脸长,脖长,腿长,胳膊长。

有人给他们俩作介绍。

青花本以为青蛙会过来握手,再说些久仰之辞。可青蛙没有,只是颔首一笑。

整个活动中,青蛙或静立或静坐,成一棵树、一盆景,不主动与人搭言。人家跟他说话,也能说两句,但很简短。答完,便是沉默。下一个话题还得别人引起。

跟青花心中的青蛙判若两人。

负责解说的,就是召集此次活动的骆马湖本土作家。此公长相俊雅,语言幽默,不时逗得男女作家们哈哈大笑。

他讲了一个故事。

相传有一年夏天,乾隆爷南巡至此。夜黑掌灯时分,乾隆爷正在"龙舱"中与众臣议事,忽听窗户外"哇哇!哇哇!……"叫声传入耳际,他急问侍臣:"什么声音不绝于耳? 使人厌烦!"侍臣急转身出舱,片刻后回来禀报:"回万岁爷,乃骆马湖青蛙在叫。"乾隆怒喝:"要它叫不出声,干鼓!"乾隆天子金口玉言,自那时起,骆马湖青蛙喉囊干鼓,再叫不出"哇!哇!"清脆声。

留下一个歇后语:骆马湖的蛙子——干鼓。

说完了这个故事,他一指青蛙,我们的青蛙,文采风流,为人却低调,沉默少言,跟骆马湖的青蛙一样,也是干鼓啊。

众人大笑。

青蛙也跟着笑。

青花没笑。

晚上,喝完酒,大家都到歌厅唱歌。青花仍然是男作家们的焦点。这个点歌,那个递麦克,十分殷勤。

召集活动的那个作家,唱起了《校花》。把歌词改了,"校花"变"青花",引得一阵大笑。

青花搭眼一看，青蛙没来，便找个理由溜出来。

回到自己房间，打电话到青蛙房间，果然在。青花说，青蛙老师，我带来一本书，请你指教。

青蛙说："好啊。"

"现在方便吗？我送过去啊。"

"好啊。"

"还是您过来拿吧，我的房间号是707。"

"好啊。"

青蛙过来了。青花给他泡一杯茶，又把自己的书递过去。青蛙低头翻看。

青花说："老师，您为啥叫青蛙呢？"

青蛙说："小时候，家里穷，吃不起肉，父亲经常在夜晚带我到河边捉蛙。父亲的方法是拿手电筒对着青蛙照，青蛙被照得迷迷瞪瞪，一动不动，父亲一伏身，探手捉青蛙于手中，青蛙方明白过来，死命蹬腿，父亲捏住青蛙腿，轻轻一扭，咔的一声，折了，顺手扔在背后篓中。"

"每晚能捉几十只。第二天，就能吃到鲜美无比的红烧青蛙了。"

"多年过去了，我再也不吃青蛙，但我心里还是放不下当年迷迷瞪瞪被捉住折了腿的青蛙，那咔的一声，经常在我脑海里响起。"

"取名青蛙，是为纪念，在心里建起一座碑。"

青花默默听着，心里也建起了一座碑。

讲完这个故事，青蛙就走了。

那天晚上，主办这次活动的本土作家来青花房间，伺机搂抱，被青花攮出。那人的腿一颠一颠出了房间，仿佛一只折了腿的青蛙。

王小乐

邓洪卫

　　李小蕊是小学六年级的学生,跟王小乐是同桌,也是好朋友。她们的家离学校不远,每天都是步行上学。王小乐上学要经过李小蕊的家,王小乐都是上楼来喊李小蕊一起手拉手走。到学校听课,两人在下面也手拉手,那样,她们会听得更入神。王小乐比李小蕊的性格要外向些,也强大些。她对同学说:"你们不准欺负李小蕊,谁欺负李小蕊,就是欺负我,我就跟他没完。"放学了,两人一起背着书包回家,到了李小蕊家,李小蕊并不上楼,而是看着王小乐过了街,进入她家的小区,才上楼。

　　这一天,李小蕊午睡起床,敲门声就响起。李小蕊开门,王小乐正站在门外,却不进来,神色慌张地说:"我发现了一件很奇怪的事,你来看看。"李小蕊说:"有啥奇怪的事呢?"王小乐说:"你来看看就知道了。"李小蕊跟着王小乐下楼,到一楼拐角处,王小乐让李小蕊看墙角。这是旧小区,墙上到处贴着广告,乱七八糟的。李小蕊看到墙角空白处写着一行字:李小蕊跟吴小宇谈恋爱。字写得很丑,歪歪扭扭的。吴小宇是李小蕊和王小乐的同学。李小蕊说:"这是谁写的呢?"王小乐说:"不知道啊。我上楼喊你,无意中看到了。"李小蕊想上楼喊爸爸妈妈。王小乐说:"算了,也不算什么大不了的事,把它涂了就是。"王小乐从书包里拿出橡皮,擦掉字。两个人手挽手上学去了。

　　两天后的一个中午,王小乐又慌慌张张敲门,告诉李小蕊又有情况。李小蕊跟王小乐到下面一看,那里又出现了一行字,跟上次的笔迹一模一样:李小蕊跟王小乐同性恋。李小蕊说:"这次怎么还写你了呢?"王小乐说:"这肯定是我们班同学写的。看我们俩关系好,嫉妒呗。"李小蕊说:"那为什么要到我家楼道口写字呢?难道不怕被发现吗?"王小乐说:"可能是中午我们睡午觉的时候写的,那时上下楼的人少。"又说:"我这次到班上好好查查,看看谁往我们头上泼脏水。"说着,王小乐拿出橡皮,把字给擦了。两个人手挽手上学,路上,王小乐给李小蕊分析了几个怀疑对象。到学校,王小乐盘问那几个人,没人承认。

　　又过两天,李小蕊家楼下的墙上又有人写字了,仍然是王小乐发现的。这次写的是:李小蕊跟王小乐的男朋友周小刚有一腿。李小蕊再也受不了了,呜呜地哭了,一边哭一边跑上楼,把正在午睡的妈妈喊起来。那几天,李小蕊的爸爸出差没在家。李小蕊的妈妈听着女儿哭诉这一周来的情况,又仔细看看墙壁上的那行字,安慰女儿说:"没事的,肯定是哪个同学跟你们开玩笑的,你们上学去吧。"李小蕊跟王小乐刚走,李小蕊的妈妈就用手机拍了照。

　　两天后的中午,李小蕊的妈妈没有午睡,早早地站在窗口往下看,看到王小乐过了街,来到这边楼下,四处张望,进入楼道口。李小蕊的妈妈立即轻手轻脚地下楼,通过楼梯的缝隙,她看到王小乐从书包里拿出笔在墙上写字,李小蕊的妈妈几步跑到楼下,说:"王小乐,你在写什么?"王小乐一惊,笔落在地上。李小蕊的母亲过去一看,更是吃惊,只见王小乐在墙角写着:李小蕊是我的好朋友,不准有人说她不好!王小乐说:"老是有人在这儿写小蕊不好,我很生气。"李小蕊的母亲拿出手机,看了看墙上的字,又看看手机照片上的字。她说:"可是,前天的字跟今天的字笔迹一样啊,这些字分明都是你写的!"这时候,李小蕊背着书包下楼了,她看明白这一切,哭着往学校跑去,王小乐在后面追,她也不理。

　　李小蕊的妈妈来找老师。老师说:"王小乐这孩子怎么会这么有心计呢？我找她谈谈吧。"找来王小乐，王小乐低着头一语不发。当天晚上，李小蕊没有跟王小乐一起走，王小乐也知趣地一个人从另一条路回家。

这件事对李小蕊的伤害很大，她变得更加内向，不愿意跟别人交往。最好的朋友都背叛她，写她的坏话，她不敢相信任何人。妈妈给她找了心理医生，她才有所转变。不过，她跟王小乐从此再也没有说话。

后来，她们小学毕业，考上不同的初中，就很难见面了。有一次，李小蕊上体育馆去练乒乓球，回来的路上，碰到了王小乐。李小蕊走出去很远，回过头去，她看到王小乐也在回头看她。

她怎么变得又黑又瘦的呢？

李小蕊不知道，王小乐的父母一年前已经离婚了。

王小乐的父亲，跟同单位的一个人竞争科长的位置，背地里写了不少匿名信给上级领导，在网上编造竞争对手的谣言，被单位查出来，受到处分。他咽不下这苦果，索性辞职去了另外的城市。

王小乐的母亲，一直跟另外一个男的有婚外情，后来，跟王小乐的父亲离了婚，跟那个男的去了另外一个城市。王小乐一个人住在爷爷奶奶家。

李小蕊不知道这些，如果她知道，她会主动跟王小乐说话的。

但是，她确实不知道。

残 缺

周海亮

至少十年时间,他几乎忘记了他的残缺。现在,他生活在熟悉的环境和人群里,大家对他的残缺,似乎司空见惯。可是就在昨天,他突然无比悲哀地意识到,他可以说服自己,却说服不了别人,包括他可爱的儿子和美丽的妻子。

他知道儿子的幼儿园要举行一场亲子拔河比赛,他摩拳擦掌,准备上阵。可是儿子下午回来,却告诉他,他没有报名。他愣住,问:"为什么不报名?"儿子翻翻眼睛,瓮声瓮气地说:"拔河得用两只手!"

犹如当头一棒,他瘫在沙发上。儿子说错了吗? 没有。拔河得用两只手,而他,只有一只手。他在沙发上靠了很久,起身,敲开儿子的房门。他问儿子:"我可以抽烟吗?"儿子点点头,说:"您随便。"他熟练地弹出一根烟,叼上,点火。他没有用打火机,他用的是火柴。他唯一的一只手是那般熟练,那也许是世界上最灵巧、最不可思议的手。

"你认为我会给你丢人吗?"他问儿子。

"没有。"儿子低着头,"我只是觉得,拔河得用两只手……您那只手——我是说那条胳膊——露出来的话,小朋友会觉得很难看……"

"可是谁说拔河得用两只手?"他看看儿子,说,"难道你觉得世界上还有我用一只手干不成的事情吗?"

"您什么都可以做。"儿子低着头,——"您真打算只用一只手吗?"

"足够了。"他说,"我会像现在这样,将另一只手插进裤兜。你可以跟小朋友们说,我爸爸是个大力士,只需一只手……"

儿子想了想,说:"如果您真想参加比赛,明天我还可以报名。"

他笑。他知道儿子不会将他抛弃。可是晚饭时候,妻子却再一次给他当头一棒。

"不行。"妻子说,"不过是一场拔河比赛,不去,没什么大不了的。"

"为什么不去呢?"他用一只手打开一瓶啤酒,"一家人一起乐乐,有什么不好呢?"

"可是你有不便的。"妻子盯住他,说,"你缺一只手啊!"

"难道以前你不知道我缺一只手?"

"你跟我说这些有意思吗?"

"你瞧不起我?你歧视我?"

"我歧视你的话,还会嫁给你?"

"可是你为什么不让我参加拔河比赛?"

"你缺一只手,这没什么大不了的,我和儿子从来没有嫌弃过你,但我们没有必要让幼儿园的小朋友和阿姨都知道,没有必要让全世界都知道,是不是?儿子还小,我不想让他受到任何异样的眼神,更不想让他成为小朋友们取笑的对象……"

"你想得太多了吧?"

"别说这些事情不会发生!"

"我会将那只手揣进裤兜,我发誓绝不拿出来。我说我让着他们,一只手就能对付……"

"你以为别人都是白痴?"

"你到底去不去?"

"不去。"妻子起身,收拾碗筷,"如果你想让我难堪,如果你想让儿子的生活从此蒙上阴影,你就去。"

　　最终,当然,他没有去。他突然意识到自己的残缺那般丑陋,并且这丑陋会令他的家人和朋友蒙羞。他多么怀念十年以前的日子啊! 那时他与妻子刚刚认识,妻子对他的残缺毫不在意。他相信那时的妻子是认真的,就像他相信现在的妻子也是认真的。那天他在妻子面前发下毒誓,他说你嫌我难看是吧? 那好,我这只手,永远插进裤兜,再也不拿出来!

　　他说的手,其实并不存在。裤兜里,只有一个尖尖的手腕。

　　夜很深,他仍然没有回家。他坐在护城河边的台阶上,他在这里坐了整整一个下午。有那么几个瞬间,他甚至产生过轻生的念头,然而最终,他还是想到了家。他认为妻子和儿子都没有错,他可以忘记他的残缺,却不能要求别人也忘记他的残缺;他可以对他的残缺假装不在意,却不能要求别人也对他的残缺假装不在意。而现在,他想回家。他想回家,站起来,忽觉一阵晕眩,然后,他晃了晃,掉落在水中。

　　他会游泳,可是他被淹死了。即使到最后一刻,他也固执地将那只并不存在的手插进裤兜。那只手要了他的性命,那只手给了他并不存在的尊严。

烟 灰

周海亮

很难用一两句话说清我对香烟的感情。它有毒,我却离不开它。就像我生命里时时出现的诸如汤燕那样的女人,她们美好并且芳香,却有毒,令我筋疲力尽。

那么,烟灰呢?对烟灰我有一种独特的嗜好。就像我爹。我爹嗜烟,更嗜烟灰。

他总是将烟灰积攒起来,送给需要它的村人。烟灰可以止血、消炎,还可以治疗少白头。爹将烟灰攒到一个罐头瓶里,便成为村里的半个大夫。常有村人过来找他,瘸着一条腿或者露着血肉模糊的伤口,爹让他们稍候片刻,回屋捧了罐头瓶,表情严峻并且高傲。爹待他的烟灰,比待我妈还上心。

爹烟瘾很大。爹在知道烟灰可以治病以后烟瘾更大。他的烟灰攒最多的时候,达到五罐头瓶子。我是在爹的咳嗽声里长大的,就像酒坊的孩子拿馒头泡烧酒当早点一样,小时候,我每天的早点,就是一团辛辣的烟雾。

我的烟瘾出奇得大。我想这跟遗传没有关系,有关系的,是汤燕。

我是从认识汤燕以后开始收集烟灰的,已经积攒了整整一坛。我将盛满烟灰的青花瓷坛放到床底,然后,开始积攒第二坛。我期待一觉醒来,我的床底下会出现十个这样的坛子。十个坛子一字排开,气派,壮观,标志着我吞云吐雾的一生。汤燕不抽烟,但是她喜欢抽烟的男人。她常常与我勾肩搭背,却拒绝与我再进一步发展。我们坐在"上海人家"喝咖啡,我说:"燕子,你到底打算什么时候嫁给我?"汤燕就笑了。她说:"等你集够十坛吧!"我问她:"为什么?"她说:"因为难度。"

因为难度。只有难度才能考验爱情。或许她只是玩笑,我却当真。我算了一下,照以前抽烟的速度,十坛烟灰我得攒上一百年。于是我开始加量,近似疯狂地抽烟。我把几乎所有工资都拿来买烟,抽不起好的,就抽差的。屋子里云雾缭绕,妻子的两只眼睛,常常被我熏得通红。

"你打算抽死吗?"她说,"是不是有人打算谋杀你?"

我翻翻白眼,不说话。我挺讨厌她。

我将烟灰攒到九坛,用时九年。我想我的肺早已千疮百孔,我的气管早已经如同饼干一样酥脆。每天我都在不停地咳,不停地咳。我和汤燕去喝茶,我告诉她,我的烟灰已经攒到九坛,她的眼睛,便瞪上了脑门。

"你当真了?"

"你说话不算话?"

"哦。这样。"她喝一口茶,说,"那么现在我想借你一坛。"

"干什么用?"

"我有少白头,一直这样。"她说。将头发撸给我看,果然,靠近发根的地方,霜般雪白。

"以前怎么没发现?"

"给不给?"

"给。可是你用不了一坛。我给你称二两吧。"

"一坛。"

"二两。燕燕,再抽下去我会死的。"

"一坛。"

"这一坛能算成十坛以内的吗?"

"不算。"

"那我还得多攒一年。"

"你攒吧。"

"我攒。"我往死里抽烟。终于我攒够了十坛,用时足足十一年。我再一次找到汤燕,我说:"你该兑现你的承诺了。"

"我不兑现。"她说,"你不诚实。烟灰是假的。"

"真的。"

"假的。"她说,"你往里面掺了草木灰。"

"我没有。"

"你有。你的烟灰没有治好我的少白头,你的烟灰是假的。"说着,她撸起长发,我看到,靠近发根的地方,霜般雪白。

那天我们坐在"上海人家"喝咖啡,她的旁边坐着一位帅哥。帅哥不停地笑,不停地笑,后来她给我介绍说:"我男朋友。"

我回到家,筋疲力竭。我将十个青花瓷坛摔碎在地,然后,抱着枕头睡去。黄昏里我醒来,妻子正在收拾屋子,我问她:"是你把我的烟灰偷偷换了?"

"我没有。"她说。

"可是我的烟灰没有治好少白头。"我说,"嗯……一个七岁的小女孩……少白头……我给了她足足一坛烟灰,没治好……"

"她没有少白头。"妻子说,"她是故意染的。染白的。"

"你怎么知道?"

"我当然知道。"妻子说,"起床这么久,你该抽根烟了。"

那天我一根烟都没抽。那天我吃了很多饭,并陪妻子喝了一杯葡萄酒。后来我突然笑了,我说:"我十一年里抽出十一坛烟灰,你相信吗?"

"我当然不信。"她说。

"其中有十坛烟灰是假的,是我从农村带回来的草木灰……"

"我知道。"她说。

"但是那一坛是真的。"我说,"只有那一坛是真的……却没有任何用处……我是指,那个小女孩的少白头……"

"我知道。"她说。

"你怎么什么都知道？你还知道什么？"

"我还知道，其实，烟灰什么也治不了。"她说，"止血，消炎，跌打扭伤，少白头，什么也治不了。你爹之所以积攒烟灰，其实，是为一个姓汤的女人。所以他待他的烟灰，比待你妈还上心。"

"可是他烟瘾很大。"我说。

"那么，烟灰呢？"妻子笑了笑，说。

气色不错

凌可新

　　王九上班，同事跟他开玩笑，说："老王气色不错啊。是不是老婆对你特别好啊？"王九生气，说："你才气色不错呢！"同事说："王九怎么分不清好赖话啊？我这么说是夸你呢。"王九说："你回家夸你爸爸去吧。"同事摸摸鼻子，觉得上面碰了好些灰。同事想，王九一定是吃错药了。

　　王九坐到办公桌前，刚给自己泡了一杯茶，上司过来了。上司看了看王九，说："王九，你气色不错啊。是不是闺女领女婿上门啦？"王九生气，说："你才气色不错呢！"抬头一看是上司，知道这气生错了，想解释，可是因为实在是生气，也就不解释了，端起杯子咕咚喝了一口。

　　上司有点奇怪，说："王九，你这是怎么了？跟谁怄气啊？要是把这气带进工作里可不好，这会影响到工作质量的；工作质量受了影响，就会出问题的；一旦出了问题，就会出事故的；一旦出了事故，大家都要受连累的……"

　　王九清楚上司说话喜欢往下类推，这样，往往一只跳蚤，也会被上司类推成一头大象。所以他赶紧站起来说："我没跟谁怄气，我没气，不信你看看我，脸上挂满了笑呢。哈哈……"

　　上司瞅瞅王九的笑，说："我怎么瞅着有些假呢？不过没气就好。没气说明咱单位政治思想教育卓有成效。"王九说："我可是天天回家学习呢。"上司就不跟王九计较了，好好干，出了成绩是集体的，但同时也是你个人的。

王九说:"我这就干。"

可是说了干,王九怎么也干不成。同事和上司都说他气色好,难道真的好吗?临上班时,因为闺女找的女婿一事,王九跟老婆生了好一通气,把家里的茶杯都摔了两只,还把电视机也从桌子上推到了地上。他出来的时候,电视机还像个死尸一样躺在地上不肯起来。也不知道到底是死了呢,还是挂了彩……这一路上王九都想着电视机,气色会好?骗鬼吧!

只是他们为什么都说自己的气色好呢?王九想不明白。

看看没人注意他,王九从抽屉里掏出一个小圆镜,偷偷看自己的脸。这一看才知道,自己的气色真的很不错。原先发点黑的脸,如今则变得有点发红。黑里透红,说是气色不错也没错。可是自己的脸为什么会透红呢?过去只有喝酒喝醉了才红。这才是上午,还没沾过酒,怎么会发红呢?怪事了。

王九往回倒着想脸红的原因。兴许是生气生的吧?不过这气以前也生过,经常生,可也没透红啊。这一条否定了。再往前想,就是摔杯子。杯子往地上一摔,清清脆脆地响,一响,就哗啦一下溅起好些碎片来。碎片落回去,又是一阵哗啦响。很好听的。瓷的杯子和瓷砖撞击,那叫强强撞击,才出效果。至于那台看了好几年的彩电,推到地上,效果就差远了,很沉闷。而且电视很贵重啊,买的时候花了好几千呢,万一摔坏了,不能看了,还得买一台新的。王九心疼,发誓以后再也不把电视摔到地上了。如果是一只保温瓶还可以考虑。

思路在电视上纠缠得过多了,王九急忙跳过去,继续往前想。这就想到了闺女。闺女中学毕业后,不想上班,成天跟些不三不四的人混在一起,怎么管也没用。管严厉了,这狗日的竟然就敢不回家,跟家长玩起了失踪的把戏。现在年龄大了点,应该好了吧,可又领了一个头发染得一半黄一半红的小子回家,声称是自己的男朋友,说是要结婚的。而且还要王九往外掏钱给他们买楼房。如果闺女领了个好男孩回来倒罢了,王九情愿把多年的积蓄都贡献出来,可这么个杂毛小子,他看一眼都心里发堵,还掏个屁钱!

就因为这个,跟老婆吵了。以前王九很少跟老婆吵架,这一吵,来上班,竟然还赚了个气色不错的彩头。

一上午王九也没想出来自己的脸到底为什么会透红。下班回家,家里没人。老婆给他留了一张纸条,说是她回娘家了,要王九自己照顾自己。王九瞅瞅家里,地上的碎片和电视都还完好地躺在原处。王九跌进沙发里,好一会儿才起来,把电视抱回到桌子上,按了一下开关,没有图像,声音也没有。这说明早上那一推,到底把电视给摔坏了,一时好生沮丧。

下午上班,王九一副有气无力的样子。因为有上午的教训,也没人问他什么了,甚至连上司过来也没跟他说话。王九饿着肚子,心里还是在继续想自己的脸色到底为什么会透红。想到快要下班,上司过来,找王九交代明天的工作,一看王九,上司就惊讶地问:"王九你这是怎么了?"王九说:"没怎么了。"上司说:"你看看你的脸。"王九说:"我气色不错。"上司说:"不是生病了吧?"王九说:"不是,我就是气色不错嘛。"

时间到了,大伙都收拾好桌子上的东西,起身回家。王九起了一下,没能起来,再起一下,还是没能起来。摸摸头,有些发烫,照照小镜子,只见自己的脸鲜红一片。王九说:"老子的气色这才是真正不错呢。"

失　音

凌可新

　　王九的嗓子突然有点发炎，一说起话来就疼。老婆让他到医院看看，王九到医院去看了，大夫说输点液，再吃点药，三五天就好了。不过——大夫叮嘱说，这段时间尽量少说话，话说多了对嗓子不利。王九问怎么个不利，大夫说，轻了嗓子会变沙哑，重了会变哑巴的。

　　王九不相信大夫的话，可又担心真弄坏了嗓子，那样他就成半个残废了。王九就点点头，连声"好的"也不说。转身去上班，王九真就不说话了。

　　原本王九很能说话的。单位在这方面，没人比得了他。而且他还喜欢讽刺啦挖苦啦，若是哪个惹了他，王九是一定会争出个上风来的。这么一来，王九得罪了不少人，大伙都怕他喋喋不休地跟自己说些什么。

　　可是现在王九不说话，大伙就又都觉得奇怪，没半天就纷纷问："王九怎么了这是？"王九指指自己的嗓子，苦笑一下。有人再问，王九就用笔在纸上写几个字——我喉咙坏了。

　　王九做的工作，不需要使用喉咙，就是真的坏了也没什么。一天过去，头儿甚至觉得王九做的事情比过去一天做的要多。算计一下，果然如此。头儿就过去拍拍王九的肩膀，说："好好干。"王九从来没被头儿这么亲切地拍过肩膀，感觉被拍的地方痒痒的。

　　回到家里，老婆支使他做事，王九也不说话，老婆问他怎么了，王九用笔在纸上写——医生不让说。老婆说："不就发点炎嘛。"王九指指纸上的字，老婆说："不说就不说吧。只是不知你能坚持多久？"王九在纸上写道——想多久就多久。老婆扑哧笑了，说："成。若是你能坚持两个星期，我就允许你出去腐败一次。"王九大喜，急忙在纸上写道——君子一言——老婆说，驷马难追。两人击掌成交。

再到单位上班，王九就尽量控制自己，什么话也不说。虽然跟老婆打赌，只要不在老婆眼前说话，就算他赢了，可他担心在外面说顺嘴了，回家会犯错，就时时刻刻警惕着嘴巴。

这样一天过去，王九的工作做得比上一天还要多，头儿很奇怪，问王九到底从哪里得到了力量？王九指指自己的喉咙，在纸上写道——我喉咙坏了。头儿说："这之间有什么关系吗？"王九点点头，又摇摇头。

过了三天，王九感到嗓子不疼了。自己躲到厕所里，关了门说几句话，果然不疼了。而且说话既不沙哑，更没有结巴，王九很高兴，想恢复自己说话的权利，但又一想，家里还跟老婆打着赌哩，说不得。

老婆跟王九赌过了，很快就把这事忘记了。王九回家，老婆哎哎呀呀跟他说话，王九一概用手比画，要么就用笔在纸上写。老婆想起打赌的事情，哈哈一笑，说："我跟你说着玩儿的，你还当真了啊？"王九恼火起来，刚想质问老婆，突然想起，这肯定是老婆的一计哩。若他真开口质问了，那他就输了。

这么着，日子一天一天往下过。王九在单位做起工作来，越做越顺当。不说话，省去了多少麻烦啊。王九算是体会出来了。而工作做得好，就能得头儿的欣赏，头儿一欣赏，说不上就会有好事来呢。

果然在第十三天，头儿把王九叫到他的办公室，笑眯眯地跟他说："王九啊，你这段时间工作做得真不错，用出类拔萃来形容也不为过。咱们想出成绩，就得有你这种精神。这个我已经跟上面汇报了，上级领导也觉得你非常具有推广意义。你回去总结总结，看看你的意义在哪里？"

王九回到办公室，想了半天，在纸上写了一句话——不说话，多干事。

送给头儿看，头儿高兴得直拍王九的肩膀，说："精辟。"王九脸红了，也觉得自己了不起。

被头儿屡屡表扬，王九竟然把跟老婆打赌的事情也忘掉了。两个星期过去，王九还是不说话。而老婆也习惯了现在的王九，一点也不感到奇怪了。

时间还是一天一天往下过。一个月后，头儿召集大伙开会，宣布了上级的一项任命，说是鉴于王九近期的突出表现，经上级考察研究，决定任命王九同志为单位的副头儿。

王九有点蒙。他想当官想了不知有多长时间了，以前也曾经努力过，甚至还给领导送过礼，但一直也没有结果，想不到自己一不说话，这官儿竟然也这么当上了。真有些稀里糊涂的味道。

王九站起来，头儿让他说几句。当了副头儿，在单位就是一人之下，众人之上了，日后就需要使用嘴巴了。所以现在，他首先必须说的就是谢谢，谢谢领导对自己的信任，谢谢大伙对自己的支持，谢谢……

可是，王九张开嘴巴，嘴巴动了几下，却没有声音发出来。头儿说，看看王九激动的，都说不出话来了。王九一时紧张得要命，用了最大的力气说谢谢，只是说出来时，这一声"谢谢"却变成了"啊"——听上去倒非常像是一只受了伤的野兽在嚎叫……

王九变成哑巴了。

冰格格

非花非雾

　　从大北京的小胡同里蹦蹦跳跳出来一位扎马尾的小姑娘,白衬衣蓝背带裙,平底带襻儿的黑布鞋,一副平民女儿装扮,可保不准,她正出身贵族,按老规矩算下来,该是一位格格呢。

　　满族姑娘冰儿就是这样的贵族后裔。她十岁进北京戏曲学院附中学习京剧花旦、刀马旦,一学就是六年,无论身段、面相和神态都洋溢着京剧人的特有风采。

　　冰格格喜爱在四合院里的枣树下读《红楼梦》,操一口京腔,把红诗红词倒背如流。

　　冰格格一路顺风,读完四年中央戏剧学院表演专业,在京剧舞台上尽展风采,还应邀在多部古装电视剧扮演角色。

　　明瑞是位老北京,从部队到地方,一直从事摄影工作,不惑之年定居北京,已是一位在国际摄影界小有名气的摄影师了。

　　春天,在风景名胜地京娘湖,明瑞预备策划一次人体摄影创作活动。这里层峦叠嶂,川谷深幽,据史料记载,《赵匡胤千里送京娘》的故事就发生在这里。为了使人体模特与背景环境相融合,做到人景合一,明瑞刻意寻找一位相貌古典的女性模特。说来也巧,冰格格领衔主演的京剧《送京娘》正在燕赵大地巡回演出。一位文化界友人向明瑞推荐了这位京剧演员。

明瑞走进剧院,冰格格扮演的京娘正在古寺里悲啼。明瑞暗道:"就是她了。"于是便用一种摄影艺术家的眼光审视台上的冰格格。紧身戏装下,冰格格形体极有张力,肢体语言丰富,造型感强,是个做模特的好苗子。

剧终时,友人约冰格格出来喝咖啡,表达了请她做人体模特的打算。

冰格格略一沉思,便答应了。她说,很向往这种人体艺术。

明瑞疑惑不解,冰格格是一个受过高等教育,骨子里又非常传统的女孩,竟然"向往"做人体模特。

冰格格用手中的长匙轻缓地搅动咖啡,说:"戏剧表演和人体模特有许多相通的地方,都要用肢体语言服务于艺术创作,不同的是人体模特更纯粹。"明瑞望着她古典的、完美的蛋形脸庞,深深地点头。

当冰格格裸露着身体走到镜头前的那一刻,神情坦然,没有羞涩,没有迷茫,动作流畅,富有个性,就像着了戏装,面对成千上万的观众一般。

冰格格身上唯一的道具就是一条又粗又长的绳索。她用这条绕来绕去的绳索表现世俗的束缚、真情的绞杀、生命的抗争。这一组片子,明瑞处理成了古朴典雅的黑白影像,产生了不同凡响的视觉效果。冰格格主动在模特肖像授权书上签上自己的真实姓名:纳兰玉冰。她还一再强调在作品公开发表时,一定要注明她的身份。

冰格格的另类,让明瑞不安,提醒她不要公开暴露自己的真实姓名和身份,面对世俗偏见,要学会自我保护。

冰格格笑了,她问明瑞:"你说京娘为什么去死?赵匡胤为什么拒婚?其实他们都一样,是世俗观念的俘虏。"

明瑞为她的见解震惊。这组图片在北京国际影展上取得最高的赞誉。明瑞却担心冰格格做人体模特,会给她的生活带来世俗困扰。

忙碌的冰格格总忘不了抽空给明瑞发短信,告诉明瑞她的行踪、她的思想。

冰格格说:"世俗舆论是一个很怪的东西,你根本没把它放在眼里,它也就奈何你不得。它压不倒你,反过来就认同你了。"

秋天,明瑞约冰格格自驾车去坝上草原。冰格格推掉了一切活动,与明瑞一起到辽阔的原野寻找新的创作灵感。

晚上,他们坐在蒙古包内,喝着马奶酒,吃着手抓羊肉,用手提电脑翻看作品。

冰格格醉意朦胧,轻轻哼起《送京娘》里的唱段:"看双双晚燕归南楼……"歌声幽咽。明瑞望定她若有所动。

草原之夜,很冷,一帮青年网友的篝火晚会正到高潮。冰格格穿着主人的蒙古袍,走出门,映着月下火光,且舞且歌。情浓兴酣时,她甩了长袍,在火光中展示自己的玉体,那富于表现的肢体诉说着一段恍若来自天际的故事。青年们看呆了,不是对惊世骇俗之举的讶异,而是被一种远古的美而震撼。

明瑞端起相机,按下连拍,生怕漏掉半个生动的画面。

面对着冰格格演绎艺术的玉体,明瑞的心中只有艺术。也许当年的宋太祖心中真的只有一种平天下的抱负,这种男人的使命感让他忘记了世俗的一切,其实,他也是人性的。

明瑞想起冰格格"看双双晚燕归南楼"之后,唱的那句是:"道是无情也有情。"冰格格是个明悟一切的精灵!

访雪图

非花非雾

这是宋代"活画张"著名的《访雪图》。据说这位画家的活画技艺在当世到了登峰造极的地步。活画张算起来跟张振是同宗。

陈大头送这张画来的时候,就托辞替他找到了祖上遗留在民间的作品。他不收就不便了,况且,字画不同于其他物品,价钱是无法估量的。如果是赝品,也就一钱不值了。

张振知道陈大头的心思,人无所求不送礼,他冲着的是渡江新桥工程,工程招标,张振一直死死把关。

张振凝望着这幅画,百思不得其解。

画面上只是一座枫叶红了的大山而已,在层层红叶之中,隐现着宫宇的一角。画的笔法很好,枫叶枫树的层次感和细节都出来了。

这些宋代的活画,夜间点了蜡烛来看会出现不同的画面。果然,在烛光下,原本是淡淡的朱红色,竟然好像吸收了烛光似的,颜色渐浓,那些红叶也随之增鲜添艳,生色不少。不仅如此,只要烛光微一晃动,那些红叶竟也飘摇起来,仿佛正在秋风中呢喃低语。

张振低呼一声,对宋代活画的技艺更加刮目相看。

可它为什么叫《访雪图》?又为什么当世"名骗"在得到这幅图后,举行了一次盛大的宴会。宴会之后,竟然抛下世间的荣华富贵,隐居城外,出家做了普度众生的和尚呢?

这时手机短信提示音响了。是陈大头发来的,自从张振收下这幅画,陈大头反而一次也没有提起过渡江新桥工程的事,只是每天都发过来短信,短信也没实质内容,把电信公司每日例行的祝福短信,末尾标上陈大头,转发过来而已,那意思却分明是在提醒张振:勿忘我。

张振一直没有松口,公开招标,只要有足够的资金和实力,都可以参与。陈大头最后的中标,张振没有说过一句"使劲儿"的话,但是陈大头依然很感激他,问候的短信依然一日一个。渡江新桥工程建到一半的时候,竟然下起了连阴雨,五天五夜暴雨,原来干涸的河滩,被闲人开垦,种菜种庄稼,这时全成了一片汪洋。

张振冒雨到各个县区乡镇视察,指挥迁移和救人。

这晚,雨停下来,水位也有所回落,张振回到办公室稍歇一会儿。

他关了灯,靠在椅子上闭上眼,回忆抗洪前前后后的情景。天晴了,月光从窗口照进来,落在对面的画上,张振猛一睁眼,看到了一幅奇异的画面:

在月光中,那些红叶的朱红色完全消失了,枫红层层化成雪花片片,满山红叶变为白雪纷飞,那酒香四溢的甘泉也结为泉霜,冻成酒冰。生趣盎然的世外桃源转眼化为死气沉沉的人间地狱。再看那伫立路旁的老翁,原本他双眼微泛酡红,此刻却已变成了漆黑的空洞,形如骷髅骨,状似鬼魅幽魂!这世上竟有如此恐怖妖异的图画!

第二天,张振去了一趟省城。回来,又亲自监督防洪工程和渡江大桥的施工,几乎每天都要到工地视察。那天,他发现了渡江大桥施工中的偷工减料问题。其实,他早就收到了举报信,没有证据,他一直没有声张。抓到真实证据,他倒吸一口凉气:如果桥就这样捏豆腐渣一样完成了,一场洪水下来,大桥、车辆、生命就会顷刻之间化为乌有! 就像《访雪图》上的变化。亡羊补牢犹未晚也,张振命令渡桥工程立即返工。

陈大头气急败坏,为求中标,他四处送礼,已入不敷出。仅那幅《访雪图》真迹,就花去他八十万,何况有一处香烧不到,他可能就半途而废了。如

果返工，就是要把他陈大头的骨头拿去榨油呀。

张振的态度丝毫不肯松动。

走投无路的陈大头就把张振告了。

省纪委的车悄无声息地停在张振办公楼下，一行三人进了他的办公室。

"就是这幅画。"一个人指着墙上的《访雪图》说。

另一个人扯上窗帘，点燃手中的打火机，与烛光相近的光线在室内亮起，画面上的枫叶像醉了一般酡红一片，光线摇曳，叶片却纹丝不动。

打火机灭了，来人说："请你和我们走一趟吧，还有这幅画。"

张振点点头。他从抽屉取出一只纸夹，在里面拿出两张票证。

五天，张振未回，与渡江大桥工程有关的官员也全部被控制起来。人们都在悄悄传说张振被双规了。

但是新的一周开始时，张振回来了，立即召开会议，筹备渡江大桥重新施工。

原来，他拿着的两张票证，一张是向省博物馆捐赠张大师真迹的收据，另一张是他让开封一位知名画家仿制《访雪图》的付款收据。

疯狂的猪耳朵

夏 阳

女人的死,和一只猪耳朵有关。

我想我应该客观地叙述这个事件的始末缘由,尤其要说说这只成了罪魁祸首的猪耳朵。那是一个岁末寒冬的深夜,屋外飘着漫天的鹅毛大雪,一只猪耳朵不知被谁戳了个洞,用几根稻草拴着,挂在女人家不锈钢防盗门的把手上。猪耳朵像是活生生地从某头可怜的猪脑袋上剜下来的,上面猪毛杂陈,耳孔里有脏兮兮的污垢,下面还缀着一大块沾带血污的槽头肉。猪耳朵悬挂在镜子一样寒光闪闪的不锈钢门上,成了一个巨大的惊叹号。

这是城市中央一个小区的某栋高层楼宇,一层一户,都是大富人家,平日里靠坐电梯进进出出,谁也不认识谁。这只猪耳朵,谁挂的,挂了多久,没人知道。女人一大早就出门了,回来时,已是凌晨三点。她满嘴喷着酒气,脖子紧缩在貂皮大衣里,踩着咔嚓咔嚓的积雪,两腿打着拐,陀螺般踉踉跄跄,向一辆豪华小车挥手道别。一进电梯,女人拍了拍身上的雪花,对着仪容镜里的自己扑哧一笑,心里暗骂,一顿火锅,就想上床?呸,男人都这德性。一出电梯,楼道的感应灯霎时亮了,女人一手在坤包里掏出钥匙,一手习惯性地去抓门把手。她脸上轻蔑的笑容顿时凝固了,望着手中所抓住的黏糊糊的猪耳朵,她惊恐地瞪大了眼睛,凄厉地尖叫起来。女人的尖叫声,除了在空荡荡的楼道里留下几声巨大的回音,四周连一点反应都没有。她可能忘了自己前几天和别人的调侃,她说如今这城市,要想叫大伙出来,只有一招儿,那就是喊——着火啦!女人当然不会喊着火。女人把猪耳朵提进了家,顺手把里外两扇门反锁上,还扣上了防盗链。女人把家里所有的灯打开,细心地检查了一遍,关上了所有的门窗,拉上了所有的窗帘。

屋外,雪依然簌簌地下着。女人拥着被子,斜靠在床头,黑暗里,望着天花板胡思乱想——

这猪耳朵是谁送的?谁这么缺德?恶作剧,还是想威胁我?这段时间,得罪谁了?张三?李四?王五?好像都不至于,再说了,他们不可能知道我的住处。为什么要送猪耳朵?如果是想真正吓唬我,可以送血淋淋的猪心,一触就怪叫的骷髅玩具,或者活蹦乱跳的蛇呀青蛙呀。对了,这季节蛇和青蛙在冬眠。为什么是猪耳朵?猪耳朵代表什么?秘密。对了,是不是我和刘总的那事儿败露了?还是老陈的那笔回扣?稻草,对了,稻草是哪里来的?现在买猪肉都用塑料袋,怎么会有稻草?不会是和乡下那孩子有关吧?不对,不可能。前夫干的?前夫都出国好几年了……

卧室的灯,开开关关。开着,刺眼;关了,害怕。女人找来烟,点上,焦躁地抽着。大半盒烟没了,窗外的天色已经隐隐发白,她还是没能理出个头绪来。一夜之间,女人老了许多。

天亮后,女人迷迷糊糊地睡着了,梦里全是猪耳朵,洪水一般撵着自己跑,跑到了悬崖边,无路可逃。望着身后密密麻麻狞笑的猪耳朵,女人大叫一声,从噩梦中醒来,大口喘着气,虚汗淋漓。

女人翻阅手机里的电话簿,想找个人倾诉或者求教一下。客户、同事、女朋友、性伴侣、同学、老乡、亲戚、前夫,好像都不合适。女人叹了口气,把手机关了。和很多人一样,手机关机,就等于她在这个世界上暂时消失了。

女人把自己关在家里。困了,倒头去睡,在梦里和一大堆猪耳朵赛跑,然后惊醒,惊醒后拼命地想猪耳朵的来历和含义,最后不停地去检查家里所有的房间所有的门窗。折腾累了,又去睡,开始新一轮的循环。

三天后的中午,阳光出来了,街上的积雪开始融化。女人想出去走走。

女人穿得像只狗熊,蓬头垢面,神情恍惚,打开门,半个身子缩在屋里,做贼一样朝楼道四处瞅了瞅,再神经质般扭转头看外面的门把手——门把手上又挂着一只猪耳朵,一模一样的。女人尖叫一声,倒了下去。

我说过,我想客观地叙述这个事件。我之所以说是事件,不是故事,是因为我只想忠实地记录,而不是胡编乱造。当然,我可以增添欧·亨利式的结尾,进行自圆其说,比如某人好猪耳朵这口,有乡下亲戚好意相赠,结果送错了楼层。比如女人无意间得罪了小区的保安,保安睚眦必报,比如女人抢了别人的老公,人家老婆前来复仇,等等。甚至,我还可以添加一些魔幻色彩,讲述一个前世今生人与猪的爱情神话。但我必须老老实实地承认,我也不知道那只猪耳朵是谁送来的,为什么要送猪耳朵。现实生活就是这样,很多事件背后的真相,是为我们所不知的,我们所看到的,往往只是一个结果。

现在,我来讲述这个事件的结果:女人因为惊吓过度,晕倒在自家门前。一个小时后,被打扫楼道卫生的阿姨发现,招来救护车送进医院抢救。女人生命倒无大碍,身体康复了,人却疯了,转入精神病院治疗了一段时间,病情得到了控制。

女人死的时候,是一个春天的黄昏。血红的残阳,水彩画一样燃烧着这个城市的上空。女人坐在街边的树下,拍着巴掌,口里念念有词,一副兴高采烈的样子。一个男人牵着一个孩子打她跟前经过,不知为什么,孩子突然扭着身子向男人撒娇:"我不吃猪耳朵嘛!我就不吃嘛!"

女人闻听"猪耳朵"三个字,大惊失色,像一匹受惊的烈马,起身跨过护栏,蹿向街头,瞬间消失在滚滚车流里。

那个吓得脸色煞白的司机,望着倒在血泊里的女人,惊魂未定地拿起手机报警。其他车辆依然熙熙攘攘,偶尔有司机经过时,放慢了速度,透过车窗对外瞟上一眼,又抬脚深踩油门,重新穿梭在车水马龙里。

孩子停止了撒娇,指着血泊里的女人,惊讶地说:"哇噻,她跨栏的速度超过刘翔耶!"

那男人一只手拽着孩子,一只手抬起来看了看表,不耐烦地说:"快点走,我们没时间了。"

顺 序

陈力娇

十八岁那年，我在饭店做收款员，这是个令同事羡慕的活儿。

收款在前堂，就是在大厅隔出一块做外卖的地方，放张桌子做收款台，对面是窗口，窗口外是顾客，窗口内是我。别小瞧这巴掌大的地方，它是一个饭店的中枢，上百人吃饭都要通过我的手，给他们发放通行证。他们把通行证交给服务员，后厨才能知道他们要吃什么，才能按着他们的要求做出可口的饭菜。

早餐后客人们散去，到中午大批客人上来之前，有一两个小时闲暇的时间，前堂的服务员和后屋的大厨，都要聚在外卖窗口周围闲聊。他们说说笑笑，有时也问我早上卖多少钱，昨天卖多少钱，还会问我有没有男朋友。总之大家对我，尊重有加，如众星捧月。

大家都喜欢我，我也就越来越和大家谈得来，有时一边收款一边和他们搭话，大家就干脆围在我左右，看我的一双小手如何像刮旋风一样，把顾客的钱拿到手，又甩出去一些找零的钱。同事们都说我是把好手，面对多少人都不惧，面对多少账目都不怵。把我美得，就像手里攥着一枚热鸡蛋，就差蹦出小鸡来了。

王哥特别喜欢坐在我身旁，我收款他看着，但是任他怎么看，我都没出过毛病。王哥就满意得直点头，自语道："小丫头，不服不行。"王哥说完这话就走了。前堂来客人了，王哥是灶房掌勺的，有客人来，他就再也不能优哉游哉了。

王哥走后，会有一个人狠狠地瞪我，她站在前堂"走"菜的柜台前，一边洗手一边说："唠啊，咋不唠了？黏黏糊糊的，不是个好饼。"有时我是能听到这些的，但是我也装着听不见，因为我心里没鬼，用不着和她一般见识。

这个人有个外号，叫"洗牌"，意即跟过许多男人，像打牌一样被许多人抓到手过。王哥当然也是抓牌之人，但是王哥从不主动，王哥躲在我这里，多半是在躲她的纠缠。

这天王哥来我这里刚坐下，就不得不站起身马上离开，是"洗牌"在大厅里摔了盘子，一大摞细瓷盘被她推到地上，哗啦啦全碎了。王哥看到这，跳起身奔向灶房，一整天再也没露面。

王哥不来，我本以为日子会好过起来，"洗牌"再也不会用眼睛剜我了，可是没想到，第二天我就出事了。

这事说大也大，说小也小：我把收款用的钱袋子丢了。早晨来饭店，我去后屋办公室的金柜里取钱袋，开柜门时，发现柜锁是开着的，再一看是被撬开了。我简直要吓死了，大声地喊："来人哪！快来人哪！"

好几个同事听到我的喊声围了上来，帮我从木柜里拉出钱袋子，看钱丢没丢，都埋怨，这要是个铁柜就好了。

我面如土色，瘫在地上起不来。袋子里有五千多元呢，还有一些票据，加一起足有六千。可现在袋子已经瘪了，只听见里面有零星的响声，那是少量的硬币，我不看也知道。

公安局很快来人了，四五个警察一边检查现场一边听我叙述案情，我边说边哭，最后把手都哭凉了。王哥和许多好心人都为我作证，说我是好孩子，不会见钱眼开，钱一定是被盗贼窃取了。警察也没为难我，他们看我太小，就让我好好想一想，一天中都有谁到过我的收款台。

到我收款台来的人平时很多，但是那天真就没有人。那天有几桌大席，全店上上下下都在忙大席，只是快下晚班时，王哥来了我这里，但刚坐下，"洗牌"就摔了盘子，王哥就逃也似的奔向后屋。王哥是怕我受连累，不得不让自己像惊弓之鸟。

但是面对警察的质问，我没有说出这些。我若说出王哥，就会扯出许多人，这些人在我眼里都是好人，平时对我关照有加，一个小孩子，怎好随便嚼舌头。我只对警察说："小卖店人来人往，每天送酒的，送酱油、醋的，很多，有时来买大份馒头的都到屋里来，来的人数也数不清。"

警察信了我的话，他们可能也问了别人，答案都差不多。

这案件最终没有告破，不过警察给大家交了实底，说一定是内部人干的。会是谁呢？我一直在想这个问题，却始终没想明白。直到第二年春天，我离开饭店去别处工作，在收拾抽屉时，看到一个绿色的夹子，这个夹子是我平时夹钱用的。忽然一个细节出现了，我恍惚记起，那天王哥到我这儿来，走时匆忙，碰掉了我桌上的夹子。我去拾夹子，才听到"洗牌"摔盘子声，而那会儿我忙着拢账数钱，把顺序给弄混了。

我被这想法吓了一跳，顿时全身出汗。好在饭店已经解散。

隐屋里的隐污

郑兢业

为躲避一个令人不快的访客，三天来，我活像一个地下工作者，整天屋门紧闭，窗帘密掩，心烦意乱地演着"空城计"。我已打定主意，"警报"不解除，就是雷公来劈，我也不开门。

三天前，我得到"麻烦预报"——故乡同学大喜来了封信，说是要来郑州看我，要我先备下两瓶好酒，要和我一醉方休。

我对大喜心墙高筑，并非舍不得几杯淡酒，亦非怕他再向我借几个小钱，而是他那卧倒的名声，使我避之不及。我回乡省亲的脚印虽然很稀，偶尔踏上故土，也难得和他见面长聊。但从乡人对他片片段段的贬斥讥嘲中，这位中小学同窗的形象，已使我颇为他汗颜。我不认为贫困是一种罪过，但酗酒打牌揍老婆，却是多年来他生活中常开不败的并蒂恶花。虽然众人的舌头把他的脊梁骨捣得歪七扭八，我仍难以相信，那个昔日虽然泼皮却很侠气的人，会堕落得如此狗屁不是。然而，他在我面前做的两次德性自白终使我相信，他的恶名当之无愧。

前年中秋节我回故乡，他向我借钱，说是要买只羊羔喂喂。我给了他足够买只羊羔的钱。后来听说，他牵回家里的，是杜康和五香羊蹄。去年中秋节，我们又在老家相逢，他又找个理由向我借钱，我用冷脸冷语打发了他。临走，他梗着一脖子青筋公牛般向我告别："从今以后，我不认识你！"

次日，我到集镇上买了只母山羊羔牵到他家，希望能下几个羊羔，卖了换个零花钱。他真够大爷的，对我竟连个感谢的屁都没放，只是依着当院水缸蹲在地上，两手捧着夹在膝间的大头。

我还得知，他的酒风坏得出类拔萃，见酒必喝，一喝必醉，一醉必胡闹横搅。用酒浇他人的头发，让人家的衣袋同他干杯，还算是他"醉态"中的文雅之举哩。因而，他信上一说要来看我，我就烦得眉头直拧麻花。在多种应对之策中，我选择了闭门不见。

时钟鸣过五下，黄昏的来临使我顿感轻松又平添焦躁。天这么晚了，他今天该不会来了吧，可这如临大敌的日子明天还要继续。我正欲打开录音机驱驱胸中闷气。"咣咚咣咚"，一阵踢门声或者说是擂门声，震得我心惊肉跳。虽然关着两层门，凭着这远离教养的踢门声，就可断定来者是谁。没错，他在外头低一声高一声地呼大名，喊小名，叫外号，我在屋里气得暗暗摇头瞪眼。如果说对闭门拒绝他来访我心里还有点负疚的话，他这种粗鲁之举，倒使我心里坦然了。

外面终于平静下来，下楼的脚步声渐远渐逝。

半点钟后，料想他已远，我如释重负。穿上大衣，准备上街买点吃的。一开门，方知天已变脸，朔风挟着暮雪，斜冲横舞，禁不住心头打个寒颤。刚迈出门，被什么东西差点绊倒，定睛看去，是个装得满满的带着补丁的布袋。摸摸，里面装的红薯，袋子旁放着一嘟噜干辣椒，一小捆干豆角。我久久凝视着这一切，不觉额头渗出汗来……

我该到哪里去追他？

棍 儿

程宪涛

三儿是检修班的棍儿。啥是棍儿？一般人惹不起的主儿。

先说三儿树棍儿，就是做样子给人看。比如，班长现场安排工作。其他人不计较。三儿问班长，为啥李四做那个，王五干这个，俺要去那里？班长一一说明。三儿就分析比较，与李四王五比，进行工作量对比。没有绝对的均衡，班组人都看着呢。三儿说，俺不服从分配。如果班长不耐烦，或者野蛮了一些，三儿就没完没了。一定要讨个说法，班长走哪儿跟哪儿，班长回家吃饭，三儿也随着敲门。班长自然怕了。班长去分厂告状。分厂长找到三儿，说，究竟咋回事啊。三儿就复述一遍。班长说工作没法干了。分厂长替班长说话，三儿不依不饶了，开始跟着分厂长走。分厂长也觉得碍眼。三儿有时去找大厂长，大厂长也不敢招惹。于是，三儿成了厂里出名的棍儿。

再说三儿立棍儿。班组换了几任班长，做事都小心翼翼，被三儿钻了空子，抓着了小辫子，啥时候都是证据，需要时拿出来说事儿。陈欠的老账要算，新欠的亏空也算。很多班长被任命后，领导问还有啥要求，众人异口同声提条件，要求把三儿调走。领导说，其他都可以考虑，唯有这个不行。领导还会忽悠班长道，派你就为降服这猴子。班长真以为是重任呢。检修班拆下废旧钢管，一个班长私下卖了，把钱请全班吃饭，有三五百块钱留下了。三儿平素不说，某次检修抬轴承，班长抬了小头儿，三儿抬了大头儿。三儿不答应了,说:"你挣钱比俺多,岗位比俺也高,年龄又比俺大,凭啥要抬小头儿?"班长辩解几句。结果钱的事引出来了,就像一条蛇出洞。针鼻儿大的事儿,影响却不好,如沙子落入眼睛,整个人不舒服。再选班长的时候,这个班长落选了。所以班长不敢惹他,很多事征求他的意见,三儿垂帘听政似的。三儿站住脚跟了。

再说三儿耍棍儿。管他蛮横刁钻任性无赖,无论哪个招惹了三儿,不让三儿折腾服输,三儿绝对不会放弃,在路上,在单位,在家里……三儿就像幽灵一样,天王老子也不怕。某次,三儿去一家夜总会。这种地方灯红酒绿,混杂着形形色色的人物,很适合三儿的身份。三儿说过:"俺最大的理想,就是成为有钱的阔少,带一帮吊儿郎当的混混儿,在大街上横冲直撞,调戏调戏良家女子。"当初三儿的媳妇儿被死缠,结果就搞到手里了。男人不坏,女人不爱,也是经验之谈吧。夜深时分,一个男人暴打另一个男人。原因是被打者手不干净,手放到了人家女友胸部。围观的男女都喊打,俨然是过街老鼠。那男人可怜兮兮哀求,忽然抱住了三儿大腿,就像抓住了救命稻草,说:"快帮帮俺!"周围的人问三儿:"你认识这人啊?"三儿甩开那男人,凛然道:"俺咋能认识这样的人。"那男人见状赶紧道:"我是你领导啊,你仔细瞧瞧看看。"三儿说:"俺领导都是好领导,整日一本正经,衣冠楚楚,哪里会有你鸟儿样,千万别说认识俺。"男人道:"我爸是那谁谁,你们都知道吗?"三儿反问道:"你自己知道吗?"围观的人哈哈笑了。三儿冲男人挥下拳头,男人"妈呀"一声倒下去。翌日,三儿看见那个领导,领导脸上贴着创可贴。那个领导躲着三儿。三儿直接走过去,高声喊:"领导,昨晚有人冒充你,让俺给揍了一顿解恨,那个家伙调戏女人呢。"领导支支吾吾,搪塞道:"三儿打得好! 现在赝品多。"谁能奈三儿如何?

再说说撅棍儿。检修班新来一个班长,全然不在意三儿。那日分配检修任务。三儿说油污多不去。班长说让你去就去。三儿说:"俺就是不去咋的!"班长说:"这活儿你不做,啥活儿也不给你干,不工作没有绩效奖。"班长果然说到做到。三儿说:"俺去你家里吃饭。"班长说:"来吧俺等你。"三儿果然就去了。班长是光棍儿，几个哥们儿正喝酒，个个五大三粗的身材。三儿有些害怕，但是面子上保持镇静。班长压根儿不搭理三儿，热热闹闹玩着乐着。晚上，横七竖八躺下了，班长说："你就在地上站着吧。"几个人呼噜噜睡了。三儿待得无趣走了。但是三儿不甘心，次日去分厂里闹了。班里被扣了一半绩效奖。班长说："俺去你家里吃饭。"三儿听着乐了，说："欢迎欢迎。"晚上，看见班长在自己家，正和自己媳妇儿说笑。三儿见不得这场面。媳妇儿留班长吃饭，班长端碗盛饭就吃，把三儿给气乐了，道："你比俺还棍儿。"班长说："俺天天来你家吃饭，你媳妇儿人美做饭香。"三儿说："有种你就来好了。"班长次日又来了。第三日，三儿去了总厂，说班长欺负俺媳妇儿。厂子领导批评班长。班长说："俺不做班长了，俺和三儿比比谁棍儿。"领导说："就因为你是班长，才不能与棍儿较劲，这是有觉悟的体现，这才是班长的风范。"

班长很快被调走了，去分厂当副厂长。有人私下担心说："行吗？这也是一根棍儿。"总厂领导说："咋就不行，有这样的棍儿才好。"领导不说为啥好。没有人敢来检修班任职，动员了几个人都摇头。班组是基层的核心，班长是兵头将尾，一天没有都不行。有人提议让三儿当班长。这也是没有办法了，决定试试再说。三儿走马上任了。没有预料到，三儿干得有板有眼，班里没有人敢犯横。有人问三儿："咋不耍棍儿了？"三儿说："俺跟自己耍啊！"说曹操曹操就到，班里来了几个新人，其中一个挑三拣四，那"范儿"有三儿的味道。某次，因为分配的事儿，就跟三儿挑事儿。大家都想看着俩棍儿咋弄。没预料三儿先软蛋了。朋友私下问三儿咋了，是不是昨晚吃泻药了？三儿道，俺现在是一班之长啊！

三儿这时已经四十多岁了。

主 角

红·酒

武生孙成有身段有扮相就是没嗓子，这个行当过于讲究，有功没嗓，自然演不了赵子龙。演不了赵子龙不等于孙成没有名气，在相思古镇，提起马童孙成，老戏迷们哪个不知？

朝细处说，孙成应该叫作翻扑武生。一般的翻扑武生只在武场中翻跟头或跑龙套，顶多饰演个牵马坠镫的小马童，实在是没多大意思。梨园有句行话，说"只有小演员，没有小角色"，可戏份儿有轻有重，摆明了还是有区别的。

孙成早就听师傅说过，关公戏不同于其他，那叫神戏。所有的关公戏中孙成最喜欢《古城会》。这出戏中的马童，可是个举足轻重的角色。关公是圣人，上场哪能说翻就翻说打就打？全凭马童腾跃跌扑推波助澜渲染气氛烘托关二爷的豪气神武。孙成扮演的马童身手矫健，干净利落，从不拖泥带水。所以老戏迷们都夸孙成演得好，为关公增色不少。

唱戏演不了主角，孙成怎会甘心？《古城会》这出戏，虽然他在里面没一句唱词，可有不少念白，情绪身段都可以借此发挥。譬如剧中的马童奉了二爷命，报信到古城，莽汉张飞不但不见，反而差人将其轰下山去。马童不惧张飞，说：三爷容禀，我是奉了二爷之命，仰望三爷开放古城，迎接二位主母进城……孙成把里面的念白演绎得不卑不亢大义凛然。

孙成剑眉高扬，举手投足，英气勃发。他和扮演关公的红生孟强同科。两人在舞台上是搭档，生活中是好友。孙成性情稳健办事颇有章法。孟强相反，大小有点事，就会迫不及待地找孙成讨教，就连红生的婚事，要没孙成出主意，师妹含春决不会顺顺当当地嫁给他。

可你孙成再能，在戏中也是个马童；孟强再没主意，在《古城会》里也是二爷，一声招呼——马童，孙成就忙不迭地上场听关二爷使唤来了。马童孙成在背对观众时，半真半假地冲孟强小声骂道："你这家伙。"可一转过身，马上恭敬地说："遵命！"人照样在戏中。

戏毕，关二爷谢幕，冲观众频频点头。这时，马童孙成早已卸装，静静地坐在后台喝水。听着那一浪高过一浪的掌声，孙成似乎无动于衷。

说孙成无动于衷是假的，他心里波涛汹涌，难以平静。孙成跟鲜花掌声无冤无仇，这辈子他期待的就是这个。

一出《古城会》，让孙成、孟强合作多年，台上马童伺候的是关公，台下关公却离不开马童。说话间，主角配角的鬓角都生出了银丝。孟强在一次演出时，刚刚"斩完那蔡阳老儿"，就觉得体力不支，勉强回到后台就倒下了。这一病，再也没能上台。

马童孙成突然觉得没了情趣，《古城会》中的关羽也不是谁都能演的，"戏比天大"这理儿孙成自十二岁学戏时就明白，如今缺了关二爷孟强，你让他给谁牵马？从此，这一对搭档从古镇的老戏迷眼中消失了。

那些老戏迷怎么也不会忘记孙成、孟强，品茶聊天时常常念叨，满腹惆怅地眯眼哼上几句："勒马停蹄站当道，青龙刀斜担在马鞍桥……罢罢罢，忍耐了……弟兄分手在今朝……"这么一来，倒觉得是孙成、孟强不仁义。

刘关张桃园三结义，至死都不曾割袍断义，关二爷和他的马童又怎么能就此分开呢？孙成先是陪着孟强住院治疗，后又四处寻医问药帮他做康复。台上关二爷招呼马童时还会捻髯说声"马童"，戏外，马童孙成根本不用招呼，端水送药殷勤周到。

看着跑前跑后的孙成，孟强心里很不是味儿。可让孟强欣慰的是儿子孟小强从戏剧学院毕业后回到了剧团,踌躇满志,要演《古城会》里的关二爷,孟小强特意点名要孙成为他牵马。孟小强担心孙成拒绝,亲自上门求孙叔叔能来助阵。

孙成看着眼前青春勃发一脸诚意的孟小强,推辞不过,应了。

《古城会》排练了小半年后正式公演,开场锣鼓震耳欲聋,扎黑巾穿快靴扮作马童的孙成,眉宇间英气逼人,风采不减当年,从侧幕口一溜儿空心跟头,接着身子一拧,十几个旋子轻盈飘逸,"胯下赤兔胭脂马,手中青龙偃月刀",义薄云天的关羽关二爷的马童,绝非等闲之辈。"好——"老戏迷们忍不住拍手叫好,眼睛瞪得溜圆,生怕错过了孙成的哪个动作。

关公提刀出场,红脸,黑须,绿蟒,眼微闭,头半低,不怒自威,既有泰山当头压下的气势,又有令人不寒而栗的力量。一场戏下来,关公和马童,绿叶托红花,红花衬绿叶,自始至终,配合默契。戏迷们欣喜若狂,眼界大开。

谢幕时,新一代红生孟小强突然转身下场。就在大家诧异不已时,他紧紧地挽着孙成又来到台子中央,把一大束鲜花恭恭敬敬地献给了马童孙成。这时掌声如雷。观众席中的孟强涨红着脸,猛然起身,泪眼模糊,可着劲儿拍巴掌……

青 衣

红 酒

风月是剧团里的台柱子,扮相俊美,嗓音稍稍带些鼻音儿,听起来反而格外有韵味。

剧团有三四十人,旦角演员不少,却只有风月是科班出身。省戏校毕业后分到团里,一来就挑大梁。

风月扮演过许多角色:《铡美案》中的秦香莲、《断桥》中的白娘子、《龙凤呈祥》里的孙尚香等。最拿手的两出戏是《秦雪梅》和《铁弓缘》。

风月考入戏校时年龄还小,选什么行当自己做不了主。

不过这也没关系。注定吃这碗饭了,只要不演媒婆、不演大花脸就成。风月心中暗想。

风月的授业老师姓萧,深知选一个合适的青衣演员有多难。十几个俊丫头排成两行,萧老师从左往右再从右往左挨个儿相看。

风月站最后一排,萧老师在她面前驻足不前。

这个小丫头柳叶眉,丹凤眼,不用勒头眉眼都向上挑;羞羞看人一眼,就低下头笑,不声不响,安静得像朵栀子花。

萧老师问一句,风月柔柔回一句,嗓音像画眉子叫。萧老师拉着风月的手走到一边,问她愿不愿学青衣,风月使劲点点头。

唱念做打,手眼身法步,是做演员最基本的艺术修养。台上一分钟,台下十年功,风月比别人学得都上心。

风月一个"卧鱼"没做到位,萧老师手中的板子就敲过来了。风月"呀"一声,抚着被打痛的胳膊,眼泪成对儿成对儿地掉,宛如梨花带雨,楚楚动人。萧老师后悔自己下手重了。

玉不琢,不成器。梨园行自古以来有陋习,老艺人们爱说"打戏",出师后即便是红遍天下,学戏时挨打也难免。萧老师曾是当红的大青衣,也是这么过来的。

萧老师取来一枚新鲜的生鸡蛋,细心地把蛋黄分出,仅留下蛋清,轻轻揽住风月,在她已经青紫的胳膊上涂抹,怜爱不已。

"我不怪萧老师,你是为我好呢……"风月抽泣着,反过来安慰萧老师。

即便是哭,也能咬字分明,萧老师仔细端详着风月还挂着泪珠的小脸,心中一动。

萧老师说:"一个好演员不能过于单一。梅兰芳梅大师正工青衣,可刀马戏、闺门旦都拿得起放得下。老师没有门户之见,你学学闺门旦吧,《秦雪梅》这样的悲情戏也适合你。"

风月答应了。

秦雪梅这个剧中人物的行当属于闺门旦。在《哭灵》一折中,有这么一句:秦雪梅见夫灵悲声大放,哭一声商公子我那短命的夫郎……秦雪梅拿着祭文,手抖得如同风中秋叶。可别小看抖手这个动作,那可是真功夫,风月苦练多日,还是不得要领。

风月急得直跺脚。萧老师逗她说:"去集市上买条活鱼,把手放松,顺着劲儿,随鱼而动。细细揣摩,反复练习,功夫到了,自然就会。"

风月却当真了。那时她是个学员,没钱买鱼。伊茗湖畔经常有人垂钓,风月就趁课余时间跑到这里,静静地蹲在人背后,看见人家钓上一尾活蹦乱跳的鱼,就忙不迭地帮着把鱼取下,有意在手中多拿一会儿找感觉。钓鱼人都喜欢这个文文静静的小姑娘,鱼一咬钩,就冲风月使眼色打手势招呼她过来取鱼。后来知道风月是戏校的学生,拿活鱼是为了练习基本功,越发喜欢她了。有位老伯还送她一只红色小水桶，钓了鱼专门送到风月的住处。

手势语言在戏剧中被称为演员的第二张脸，风月一次次抓鱼，一遍遍地找感觉，终于掌握了抖手的奥妙。萧老师发现，这丫头双手动作起来，表现力极强，尤其听说她真的练抓鱼，惊讶极了。

上了装的风月一袭白衣，宛如天人，手拿祭文，跪拜在商公子灵前，一声商郎，凄艳哀绝，荡气回肠，余音袅袅，不绝如缕。尤其是唱到"商郎夫你莫怨恨莫把我想，咱生不能同衾死也结鸳鸯"时，风月藏在水袖里的双手上下抖动，犹如白蝶飞舞，银花翻卷，凄美空灵，令人眼花缭乱。

一下台，萧老师就把风月抱住了，说丫头，你抓了多少条活鱼呀。

在团里挑大梁的风月有过一次失败的婚姻，和花脸海椒结合后，事业上顺风顺水，家庭美满幸福。风月依然是剧团的台柱子，青衣、闺门旦甚至刀马旦都拿得起放得下，可谓文武不挡，色艺双绝。

真正让风月名声大震的是《铁弓缘》这出戏，花旦、青衣、小生、武生四个行当全在一出戏里集于一人之身，唱念做打缺一不可。风月把青春貌美武艺高超的太原守备之女陈秀英演活了。

就在《铁弓缘》这出戏赴京演出的前夕，风月突然病倒了。

病愈后的风月基本没有变化，就是手抖动得厉害，连一小杯水也端不牢。风月郁闷地问海椒："我还能不能上台了?"海椒说："能，《铁弓缘》咱不能演，还演不了《秦雪梅》?"风月含着眼泪笑了。

萧老师闻讯，心疼坏了，心急火燎专程赶来探望风月。

师徒俩深情地望着对方，激动得说不出话来。半晌，风月好像想起了什么，就把一双手举到萧老师面前，眨了一下眼，说，萧老师，要是现在练习抖手，我就不用去抓活鱼了吧?

话说得很轻松，那神态，像个俏皮的小花旦。

藏在时光里的爱

孟怀芹

女人趴在桌子上正写着什么，男人悄悄地走到女人背后。

男人是个水电工，是发不了财也饿不着的那类人。日子过得很平淡，像一潭死水，没有女人期待的涟漪。

"下午能帮我去做工吗？"男人说。

女人一惊，猛然把手里的稿纸揉作一团，慌忙揣进口袋里，站了起来。

她"哦"了一声。

"那你带本杂志吧，免得我有事走开时，你着急。"男人一边收拾自己的工具包，一边说。

男人匆匆地收拾好工具包，女人拿一本书，揣进了一个方便袋里就出发了。女人坐在男人的摩托车后座上，一手抓住保险杠儿，一手拎着方便袋。男人把车子开得飞快，又突然一个急刹车，女人尖叫着，把手从保险杠上移到了男人的腰上，身子也紧紧地贴到男人的后背。女人使劲儿拍打着男人的背，大声说："开慢点，找死啊？"男人一边答应着，一边偷偷地笑。

到了工地，男人把沉重的工具包从车子上拿下来。女人要背，男人挡开了女人的手，自己背起就走，说，沉。

水管要从一间平房的这边接到那边。男人很快搬来一个竹梯。竹梯子是坏的，梯子的一头劈了，下面还是用铅丝缠起来的，看着都没有安全感。

男人把梯子靠到墙上，"噌噌噌"就上去了。男人在房顶上，叫女人爬上去。女人看着坏梯子心里直打怵。她看了一眼男人的眼睛，就有了勇气，也慢慢地爬了上去。男人把竹梯又拎到了房子的那一边，又"噌噌噌"地下去了，然后扶着梯子，让女人下去。女人有勇气上来，却没勇气下去了。

男人说："老婆，别怕！下来吧。"

女人像蜗牛一样，缓缓地爬了下来。

水管要经过门岗，那个门岗经常有车子进出，水管放在地底下就容易坏，只好把水管放到大门的上方。接好了水管，就要把水管固定在空中，这就需要扣扣子。每隔一米远就要扣一个扣子，梯子要不停地移动，男人就要不停地上上下下地爬。女人紧紧地抓着梯子，生怕一不小心梯子斜了，男人就会摔下来。女人看着那高高的梯子上男人瘦削的身影，鼻子一酸，眼泪就出来了。男人下来，看到了女人在流泪，疑惑地问："怎么了？"

女人摇摇头，说没什么，我眼睛迎风掉泪。

男人又爬上去扣扣子。女人用袖子擦了一下眼睛，看了一下天空，天空中的烈日晃眼睛。忽然梯子动了起来，女人吓得惊呼一声。男人在梯子上笑，说："傻婆娘，瞎咋呼啥？梯子是我自己移动的。"

女人拍着胸口，说："你才傻呢，想把我吓死啊！"

"你这么紧张我干吗？你不是总想着离婚吗？我摔死了离婚协议都不用写，多省事啊！"

"呸！呸！呸——不许你说什么死呀死的，你死了我和儿子怎么办？"

"下次一定要找个有钱的，那样你和儿子都不会受苦了。"男人的泪忽然蒙住了眼睛。

男人下来时，一扬手，不小心碰了一下梯子，梯子向女人那边倒了下去。男人眼疾手快，手去扶梯子的同时，又用脚勾了梯子，梯子变了个方向，"砰"的一声，砸向男人。男人"哇"一声倒地，直叫疼。

女人慌了，带着哭腔问："砸着哪儿了？"

男人一边呼痛，一边偷眼看女人，见她真的急了，扑哧一声笑了，说："你

看,我不是好好的吗？你快擦去眼泪吧。"

男人又说:"看看几点钟了,幼儿园要放学了,该接孩子了吧。你去接孩子,我把活儿干完了再回去。"

女人摇着男人的胳膊:"你一个人干活儿我不放心。"

男人说:"好吧。那你明天还会跟我来做工吗?"

"会的,跟你做一辈子。"

男人摸了摸女人的头说:"真是傻婆娘。"然后笑了。女人也笑了。

女人把口袋的纸悄悄地扔进了一个垃圾桶,然后紧紧地抱着男人的腰。

一群白鸽轻快地向天边飞去。

男人永远不会知道,那是女人写的离婚协议书。

缑老爷子

张海龙

缑（gōu）老爷子的姓一般没人念得准，生僻，总是被读成了"侯"。被人叫错的时候，他总是很认真地给纠正过来，并且很谦逊地说上一声，不好意思，这个字确实不好认。看我吧，姓了这么个姓。好像错的不是别人，而是他自己，是他一生出来就犯的错。

老爷子六十多了，头发全白，极瘦但精神，出门在外，永远背着一个硕大的摄影包，走起路来风风火火的。六十岁以前，他在城市西郊的一座工厂里当宣传干事，热衷于将厂里的大小事情写成通讯稿寄给报社。他享受这种文字变成豆腐块的过程，是报社里做得时间最长的一名老通讯员。第一篇发表的稿件他还工工整整地贴在一个工厂开会作日志的大笔记本上，是关于厂里为青工建了一个食堂的事情，标题叫作"年轻人终于有了饭辙了"。他是上海人，年轻时就支边来了西北，于是写文章就尽量用一些北方词。"饭辙"这词应该是北京一带的说法，他听电视里老这么说，就写下来了。文章发表后，有较真的读者提出意见："辙是规矩，是办法。没辙，就得找辙，赚钱的道，叫饭辙。找工作，找饭辙，就是找一条养家活命的道儿。食堂和饭辙，根本没啥关系。"老爷子红着脸把那意见抄在本子上，当作教训。

退休以后，老爷子还想发挥余热，到报社应聘记者。这么些年，好歹混了个脸熟，不用参加考试，做了社会新闻记者。每天一大早，他就从西郊花一个多小时坐车来报社上班，打无数个电话，不厌其烦地问电话那边，今天有没有什么事啊？不可能什么事都没有吧，你再找找，再想想，等会儿我再来电话。社会新闻频发的110、120、119，都被他混了个烂熟，他腿勤快，比年轻人还舍得跑。于是就有了《喝酒喝大，当街撒尿》《看人接吻，遭人痛打》《路边国槐轰然倒，过路面的遭了殃》《我省离婚的多了》《馒头大战再起烽烟》《警察机智，手枪被缴》等萝卜快了不洗泥的新闻稿件。老爷子文字不太过关，常有词不达意之处，弄得编辑们很头疼。饶是如此，每月工作量的前三名里，总有缑老爷子的大名。他太能写了，最多的一天，他发了十一条新闻稿。总编开大会时说："做记者就要有老缑这样的腿。新闻是啥？新闻就是跑！"

前一阵得来的消息是，老缑的记者生涯结束了。原因是他写了一篇某单位领导的表扬稿，说是那领导高风亮节，主动退出了多占的两套房子，报社还特意为此配了评论，声势很大，意在树此为创建和谐社会的典型。但这事儿是假的，那领导哪里想退房子，不知被谁借着老缑的手给陷害了一道，见报后迫于压力退了房子，却到某主管部门那里找熟人告了老缑一状，随便找了个理由就把老缑给灭了。

后来报社追查那"退房"稿的新闻来源时，老缑说是来自一篇署名"兰生"的通讯员来稿，他稍稍改了一下就发上去了。

就这样，老缑一辈子写了无数批评稿件都平安无事，到最后却被一桩"好人好事"给弄丢了饭碗。

狗头金

张海龙

谁不梦想发财呢？发一笔横财，就可以丢开现实生活中的种种限制，过上自己梦想的舒适生活了。不过，人为财死，鸟为食亡。这条铁律，被发生在我们周围的人与事反复证实着。比如说，有这么个人，已经抱住了一块狗头金，却和那金子只亲热了不到一分钟，然后就死了。

那是个青海的金客，他死了，这狗头金的故事也就成了一个没意思的故事。

狗头金是一种产自脉矿或砂矿的天然块金，因形状酷似狗头而得名。大的狗头金特别少，只有极其偶然的机会才能获得。其实，不要说挖到一块狗头金，就是见上一眼，都不易。

我一个朋友的父亲，荒弃家里的土地，先开矿，赔了。于是前几年他便带着一帮人在青海、甘肃交界的祁连山脉某条金沟里掘金。因为手头经费不足，买不起更好更能出货的金沟，就用相对较低的价钱买了一条被人挖过很多遍的金沟，想着再收拾点金子的残余。发大财的梦，那时还没敢做，只是想挣两个还能过得去的糊口钱。

据说，金子是会跑的，所以一条金沟里的金子理论上是永远都不会被挖完的。基于这一点认识，他们决定在这条沟里泡着，就等着金子闪亮现身的那一刻。

他们进入金沟没多久,另外一家经费不足的掘金队也看上了这条金沟,于是又再次向他们购买了一半的采挖权。这么着,听起来有点像是把租来的房子再转租出去一个房间,好歹也能落个租金。苍蝇虽小也是肉,先把到手的钱拿上再说吧。我朋友的父亲这样想着,爽爽快快地便把金沟租了出去。

青海乃苦寒之地,每年好时节不多,于是他们决定趁着夏季天气好加快进度,入了冬就歇着。那是个七月的天气,两家掘金队分成两班人马,每天二十四小时不歇手,三班倒,滚动掘进。规定谁挖到的金子便归谁所有,折现之后再与队长按一定比例抽成。一切顺从天意。鉴于采金地经常发生武力械斗事件,这样的规定应当说相当有必要。如果总为一块金子的归属问题吵来吵去,这活儿也就干不下去了。

不过,人心的叵测与人性的诡异总是永远存在的。

金沟里起初挖不到什么好货,无非是一些小砂金,藏在那些浮土和砂砾当中,琐琐碎碎的一点点,看上去不太起眼。然后,就有人想出种种办法藏在自己身上往外带:有装到裤裆里的,有撒到头发里的,还有的就那么含在嘴里,印证了"沉默是金"的老话。但是这样的人总会被抓出来,正所谓"是金子在哪里都会发光",金子藏是藏不住的,无论你把它藏在什么角落里都会被找出来。处置这样的人,狠点儿的就是被痛殴一顿,然后驱逐出队;轻些的就让他们交出金子,并且三天不让进沟。

一块巨大的狗头金在某个凌晨被一镐头翻出来。那个凌晨因此被这块狗头金硌了一下,一直到现在都让人过不去。

那天夜里,我朋友的父亲带着他的人马一路掘进,却一无所获,身心俱疲。他们一直向纵深而去,身后遗落下越来越多的土与砂。他们没发现一丁点和金子有关的东西,连点黄灿灿的颜色也没见到,如此绝望。快到半夜十二点钟,他们交班的时间,也就差那么一两分钟吧,他们提前停手,不想再干了,收工回去睡觉。刚刚躺下没一会儿,就听见外面一片异常的喧哗,兴奋与惊惧的声音兼而有之。

原来,下一班人顺着他们采掘的方向而去,第一镐头就弄出个石头一般的东西来。那个青海金客当时就崩溃了——狗头金!他小心翼翼地扑上去,搂在怀里,又亲又摸,像是抱了个柔顺丰满的妇人。惨剧也就在同时发生:他抱着狗头金出沟时,绊在自己扔在一边的镐头上,俯冲向前,头撞在狗头金上,闷闷地死了。

金客们都说狗头金太富贵了,命贱的人实在消受不起。

而我朋友的父亲啐了一口唾沫,说:"其实这块狗头金本来应该是我们的。"

话音未落,他便感觉到周围那些金客眼中莫名的火焰。

于是收声。

草草的葬礼之后,那块狗头金竟然真的消失了。它来自沟里,似乎又复归沟里。

就像一把盐融化于大海之中。

鬼打墙

张海龙

鬼打墙。无路可走。

你相信有这种事吗？你情愿把迷信和现实混为一谈吗？你是否宁可把这状态理解成陷入困境的某种命运？

生活在辽阔蛮荒的西北，你要相信生命中充满了不可预知的东西，你得承认这世界上许多事情根本无法解释或者干脆就说不明白。比如，你在青海湖边迎头撞见一尾巨大的牦牛，你看到它的角上挂着一具已经风干的狼的尸体——这场不知发生于何时的战斗就这样留下了永远的印迹，而敌人之间竟以如此的方式相互纠缠一生，再也无法分离，甚至死死地长在一起。这是命定的秘密，我们只能深陷于沉默。

再比如，这块土地上那些野蛮勇敢的酒鬼，赤红脸膛，迈着笨拙的蹒跚步子，他们在深夜的酒醉之后总是找不到回家的路。整整一个晚上，他们绕着一个虚空中被钉住的中心转圈，前面看起来没有任何阻碍，却无法穿破空气向前走出半步。他们原地踏步，左摇右摆，不能自已，寸步难行。他们在宿醉之后的清晨醒来，把昨夜的窘境称之为"鬼打墙"。简单说起来，他们认为之所以不能前行是因为有鬼，鬼在四周迅速地打起了许多堵墙，你还能走到哪儿去？你还能走出多远？

在西北，酒被无节制地狂喝滥饮，在世俗欢乐的层层掩埋之下，酒成了一小部分人接受神示的秘密通道。这种暴烈的液体穿过形形色色的身体，在蛛网迷宫般的神经和血管里游走爆炸，成为西北血性的来源。如果你不能理解酒，就不能理解那些奇怪的人，就不能理解他们骨子里天生的悲凉感究竟从何而来。

2005年，藏区德格成了我一众兄弟灵魂地理上的关键词。

先是柴春芽辞去《南方周末》摄影记者一职，通过藏族女诗人维色去德格做了志愿者。他的工作是教三十个藏族孩子汉语，然后周末去寺院里教两个小喇嘛汉语。每次下山进县城，要骑七个小时的马，他说自己现在马术和藏语都日日精进。虽然过着苦行僧般的简单生活，却享有平静的快乐。兰州的哥们儿李守彤也紧跟着去了德格，他们拍回的照片上，背景是草坡蓝天，他们身穿藏袍，眼神清澈，笑容发自内心。过年前，《华商报》的朋友廖洪也辞了总编助理的职务，从西安一路向德格疾行。在德格的前一站炉霍，他和春芽会合，酒醉后，他从那个我此前从未听说过的地方打来电话，告诉我："兄弟，这儿是另外一个世界，头顶的星星个个都有篮球那么大！"

我心驰神往，我宁愿被篮球那么大的星星砸死在这疯狂旋转的星球上。我知道，他们脱离原来的生活远去德格小镇，是因为原来的生活让人心中不快，是因为他们在这俗世也遭遇了"鬼打墙"的窘境。于是，索性抽身而去，索性守住个人的小核心顽固到底。

人生在世，问题层出不穷，其实很多时候要不断问自己："这重要吗？这不能放弃吗？"

让我们一起推翻那堵墙。让我们一起快乐至死。

换　位

周　波

　　东沙拎着公文包走得沉沉的。推开家门，老婆如晶就迎上来："回来了？"东沙不响。如晶问："怎么了？"东沙又沉沉地坐到沙发上，说："他们怎么就听不懂我的话呢？"如晶又问："谁听不懂了？你的下属？"东沙说："何止是下属，全听不懂。"如晶说："你是镇长，人家没你有思想高度嘛。"

　　这些年，东沙把镇里的事整理得井然有序。如晶相信东沙，因为在她眼中，自己男人是最优秀的。如晶说："我帮你顺顺，看能不能帮上忙。"东沙说："你知道我心里在想啥吗？"如晶说："确实不知道。"东沙拿眼扫了一下老婆："那你能顺出什么事情来？"如晶说："难说，我是个喜欢逆向思维的人。"东沙脱口道："如果你是我的下属，汇报工作时没完没了地提要求，却不知我在考虑什么，你说怎么办？"如晶说："这个简单呀，咱们换个位置试一下。""你说啥？"东沙听着一愣。"换位置坐呀，你扮演汇报者，让别人当镇长。"如晶冷静地说。东沙哈哈大笑起来，一把抱住如晶："老婆，你太厉害了。"

　　如晶也笑起来，说："家里的米快没了，你去一趟超市。"东沙说："明天再说吧。"如晶说："现在咱俩就换一下位置，你是我，我是你。"东沙又一愣："怎么了？"如晶说："演习。"东沙想了一会说："你说的没错，万一明天刮风下雨，就揭不开锅了，咱们家的米今天必须买。"如晶说："这叫换位思考。"东沙开心地笑了起来："是的，是的。"

那天一早，某村主任就等候在东沙办公室门口。东沙问："什么事？"村主任说："还不是因为村后修路的资金。"东沙说："资金下个月拨，现在镇里有更重要的事情得去做。"村主任说："我们急。"东沙说："我也急。"东沙边说边叫村主任过去，村主任说："什么事？"东沙说："你坐我的位置，现在你是镇长，我来向你汇报。"村主任一听从椅子上跳了起来，叫道："这个使不得。"东沙按住村主任的肩，说："我是说真话，你闭目一分钟，然后再开口说话。"村主任说："镇长，我知道你有难处，那就下个月拨吧。"

下午的时候，有分管副镇长来汇报工作。东沙问："什么事？"副镇长说："下面科室里的人手不够，忙不过来。"东沙说："不是叫你们再坚持两个月吗？现在每个口子都要人，我正在想办法调剂呢。"副镇长说："能不能先考虑我的口子？"东沙说："你过来一下。"副镇长以为有戏，满脸微笑地迎上去。东沙说："你坐在我的位置上。"副镇长不知有诈，就坐了上去。东沙说："现在我是你，你是我，我向你汇报工作，你来拍板这事。"副镇长腾地一下立起来，笑着说："镇长，这个玩笑开不得。"东沙说："再坚持两个月吧，到时我一定给你人员。"副镇长面露难色地说："好吧，我知道镇长也有难处的。"

那天，东沙办公室里拥进来很多群众。东沙当时正在阅读公文，说："乡亲们大家坐吧，有什么事尽管说。"群众说："我们是来感谢镇长的。"东沙说："感谢我？"大家于是你一言我一语地说了起来："上回要求建公园健身场所的事，镇里落实得很快，我们终于有唱唱跳跳的地方了。"东沙："噢，建好后我还真没再去。"群众说："你真是我们的好镇长。"东沙说："就为这事？"群众说："是呀，对我们来说这可是大事呢。"东沙想：这算什么事呢？如果建个健身场地也是大事，那大事也实在太多了。不过，听着群众表扬，他心里还是美滋滋的。

东沙后来对如晶说："换位成功了。"如晶问："效果如何？"东沙说："顶用！"如晶微微一笑："说来听听。"东沙说："开始的时候，我叫别人换位，现在别人也开始叫我换位了。"如晶说："你真行，把我的思想发扬光大了。"东沙向老婆一鞠躬，说："谢谢夫人！"

心 慌

周 波

　　东沙搁好笔,靠着椅背长长地吐出一口气。如晶不解地问:"写什么呢? 瞧你坐一整天了。"东沙说:"写自己的心慌感受。"如晶惊疑着问:"外面有人 捧着,家里有我伺候着,哪来的心慌疙瘩?"东沙说:"老婆,你不了解情况 的。"如晶又说:"咱们一不偷二不抢三不贪污受贿,行事光明磊落,该开心 才是。"

　　"我说不过你,全写在上面了。"东沙说。这下,如晶的心起了涟漪,她搞 不懂丈夫葫芦里卖的是什么药。"我能看吗?"如晶问。"当然。"东沙笑着 说。如晶好奇地打开了纸稿,只见标题很醒目:我的心慌感受。行文则密密 麻麻铺满纸稿。如晶读了起来:

　　心慌一:我时常出差在外,有一次开了小差,回程的路上转道去见一位 二十年未见的老同学。天下的事有时候就这么诡异,闲着的时候不找你,当 你一转身它就附上身来了。说实在的,那天去看老同学心里确实有点忐忑 不安。果然,刚下车和老同学握了手,镇里就来急电,说是有个年轻人出车 祸死了。我的头当时就"嗡"的一声,我很清楚,这种事一旦处理不当,就会 引发群众上访。我抱歉地对同学说:也算见过面了,下次好好再聚。

　　心慌二:乡镇工作的日子用度日如年来形容一点也不过分,至少我这么 觉得。生活中假如你为某一件事较真了,那一定被缠住。开心的日子是有的,不过提心吊胆的日子显然更多。我一直这么想:今天终于平稳过去了,明天会怎样呢? 上个月,海面上突然起了大风,邻县一个乡镇有艘渔船翻了,失踪了几位船员。当时,我紧张得很,一整天在码头边晃悠。有个老农问我:镇长,兜风呢? 我苦笑着,我能向老农解释什么呢?

心慌三:医院的体检出来了,我的三高指数直线上涨,我当然知道是什么原因造成的。天天有应接不暇的客人,我已经算做得够好了,不该去的坚决不去。我现在肯定得"怕喝症"了,连看见白开水都浑身起鸡皮疙瘩。有人说我喜欢山珍海味。妈的,谁再这么说老子扁死他,让他代我吃去。

心慌四:整整有半年没下雨了,虽然群众的饮用水还不用愁,可是愁火灾哟。山林都快干枯了,一个烟头就能烧起来的。去年怕涝,今年怕旱,这老天爷真会折磨人。

心慌五:昨晚一个副镇长被我骂了,他怎么又是夜深人静的时候来电话呢? 我的心脏越来越脆弱了。我当时边接电话边套衣裤,满脑子想的是火情、沉船、死人那些不吉利的事。其实,真有事情我是不会骂的,可他来电话只是因为要去出差忘了向我请假。我冲着电话吼:迟早要被你们玩死。

心慌六:领导打电话叫我过去一趟,我问什么事,领导说到了就知道了。领导一句随意话显然搅乱了我的思想,我的脑子开始飞速旋转。难道我要被提拔了? 难道我的工作出错了? 难道有新的任务需要我去抓落实? 这些问题不是不可能,曾经的我就是这么被领导叫去的。

心慌七:那天,接到老爸电话,说是老妈心绞痛身体不适。我当时在开会,匆忙说了句:那赶快送医院呀。老爸说:已在病房。那个下午我一直如坐针毡。我知道国事家事的道理,可心还是飘来飘去的。会议很重要,我还要讲话。下面几百号人都眼睁睁地看着我,不能撇下他们一走了之。我是会后赶到医院的,我对爸妈说:对不起。我还能说什么呢,只能说对不起。

心慌八:不知怎么回事,最近一直睡眠不好。我曾经是出了名的睡眠大王,只要头挨着硬的就能起呼噜。我怀疑自己想的东西太多了,我试着想阻止可做不到。就说昨晚吧,一想到快年底了,很多工程还没完工,心在被窝

里也急,半夜两点我还没睡着。

　　如晶不想读下去了,叹着气说:"我的男人很累。"东沙说:"当了镇长后,一直有很多解不开的心结,今天写下来心里舒坦了许多。"如晶说:"其实有药可解的。"东沙问:"什么药?"如晶说:"无欲。"东沙笑了起来,说:"无欲还是人吗?"如晶瞪了东沙一眼,说:"那你继续累着吧。"

奶油蛋糕上的樱桃

～～ 积雪草 ～～

　　站在门外的那一刻,他心里还在想,不知道这个死丫头能给自己一个什么样的惊喜。不过出差两周而已,她左一个电话右一个电话,短信一天能发十来条,说想得心慌,快点回来吧!

　　他很受用。刚结婚不久,她小鸟依人般,他走到哪里她跟到哪里。这次他去南方出差,她因为要上班,所以只好留在家里等待。距离把两个人的想念拉得很长,像橡皮筋一样,弹回来的时候,反作用力很大。

　　推开家门,他怔住了,有一刻钟的时间根本没反应过来:这哪里还是自己的家? 新房变成了猪窝,那个乱啊! 报纸、零食袋、方便面袋都在餐桌上扔着。碗池里有没洗的碗筷,洗衣机里有没洗的衣服。床上的被子也没叠,衣柜里的衣服居然都跑了出来……

　　她哼着歌,头发湿淋淋地从卫生间里出来,看到他,张开手臂就扑过来。他吓得连连后退,愣怔了半天,才问:"这是谁家? 我是不是走错门了?"

　　"真新鲜,连自己家都不认识了。"她噘着嘴,赌气地坐在沙发上。

　　他反唇相讥:"你还知道这是自己家啊? 我还以为是猪窝呢!"

　　她也不相让:"我是你明媒正娶的妻子,不是你请来的钟点工。嫌家里脏,可以请家政公司。"

　　他气得嘴唇哆嗦:"你可真不讲理,我怎么娶了你这个懒女人? 自己收拾得挺干净,家里却乱得像个猪窝,住着也不嫌脏。"原本应是小别胜新婚的相聚,变成了一场家庭战争,参战的双方,一个不停地吸烟,一个眼睛肿得像桃子。接下来的一个星期,谁也没理谁。

他和她都是"80后",从小就被父母宠成了王子和公主,进入实质婚姻的生活里,家务事的琐碎和繁重让两个人都望而却步。

她是父母的掌上明珠,从小娇生惯养,学舞蹈、学音乐、学绘画,虽然没有像父母期望的那样成名成家,却拥有了对不凡生活品位追求的能力,大学毕业后在一家德资公司里做翻译,时尚、漂亮、能干。可是对生活琐事却是一窍不通,从小到大,家中大小事情都由母亲打理,一旦结婚自己过日子,手忙脚乱不说,还把家弄得一团糟。

他是父母心中的宝贝,英俊、儒雅、干练,工作上能够独当一面,但在父母心中,他仍然是那个没有长大的孩子,成日对他嘘寒问暖,床要暖,食要温;甚至在他工作的时候,还打电话提醒他吃感冒药,他笑着摇了摇头,但仍然谨遵母命如圣旨。对生活琐事,他也不会比她好多少,常常问她去哪里交煤气费,去哪里交水电费。

有人说,谈恋爱是一个浪漫活儿,风花雪月称二两,饿了吃花,渴了饮雪。而婚姻是个体力活儿,柴米油盐酱醋茶,开门七件事,事事不能少。

那个周末,他的气消了,对她说:"我带你去一个地方吧!"她虽然点了头,但仍然气呼呼的。

他开着车,她坐在旁边,顺着公路一直驶向郊外。公路两边的树已经绿了,细碎的迎春花也在风中摇曳起来,离城市越来越远,下了公路,上了乡间的土路,去了郊区的一个村子里。

他大学时的恩师住在市郊的一个僻静处,房前种花,屋后种菜。去的时候,恩师正在院子里听收音机、晒太阳,师母正在屋里做晌午饭。

午饭吃的是菜粥。恩师嘿嘿地笑:"将就吃点吧!我们家一天三顿吃粥,我都吃厌烦了,可是,太硬的食物,她怕我没本事消化。"他的下巴指向对面的老伴,一脸笑容。

那是怎样的一幅生活画卷？和谐、包容、智慧、云淡风轻、其乐融融，时光在这里仿佛静止不动。多少年的磨合才会生成这样的默契？

恩师眯缝着眼睛看着他们："小两口吵架了？傻小子，吃过奶油蛋糕吗？奶油蛋糕最上面的那颗樱桃好比爱情，奶油蛋糕本身好比生活。樱桃再好吃，可是吃不饱；爱情再高贵，也是以生活这块大蛋糕为依托的。没有了生活这块大蛋糕，樱桃还是樱桃，但不再是爱情。两个人在一起生活，终有勺碰锅的时候。"

回去的途中，他幽幽地说："恩师在一场大病之后，就开始生活在轮椅上。我师母怕他消化不良，为他煮了几年的粥。他们都七十岁的人了，仍然保持着对生活的新鲜感。"

她不说话，两个人陷入了短暂的沉默。

车窗外，一晃而过的树已经绿意葱茏，她看着那些树，心中也泛起了盈盈绿意。许久之后，她说："以后，我不只要奶油蛋糕上面的樱桃，也要奶油蛋糕。"

他的嘴角牵出一抹笑容……

崔阿姨

明前茶

宿管阿姨对不对脾气,肯定影响大学女生们的生活品质。

在崔阿姨来之前,前任宿管阿姨捡到从楼上飘落的衣衫,往往会仰头大吼一声:"谁掉了内衣? 自己丢了内衣也不知道吗?"人人伸出头来看谁这样马大哈,真正的失主也不好意思承认,只得暗自懊恼。崔阿姨一来,就在宿管门房外设了一个小小的失物认领处,飘落的衣衫都在那里挂着,捡拾者和失主两不相见,免了许多尴尬。

再比如一到晚上十点,前任阿姨是要逐层往外轰客的,但人都有逆反心理,你越像门神一样往外赶客,人家就越不把你当神看。前任阿姨清完场子,嗓子肯定倒掉。崔阿姨的办法,是一到点儿就在楼梯口放音乐,一听到歌顺着楼梯飘上来,那些难舍难分的情侣也就不好意思再耗下去,男生撤离,整栋女生宿舍就像一只大船,将载着姑娘们步入梦乡。

崔阿姨的好还不止这些,比如她出了个小告示,说乐意给姑娘们帮些针线上的小忙。大四女生安琴也享过一点小福:崔阿姨帮她钉过两回扣子,织补过一条丝缎裙上的小口子。本来,这点事儿是可以带回家去让妈妈做的,只是自从安琴打定主意一毕业就要随男友去新疆后,与妈妈的关系就进入了僵持状态,已经三个月没回过家了。幸而还有崔阿姨帮忙。看了裙子上的小口,崔阿姨二话不说就拿出一个圆圆的小竹撑子,把破损的那一小块绷紧在竹撑子上,又拿出十几种不同颜色的丝线,迎着窗口的日光来比较,看哪一种在阳光下发出的淡淡晕光与原来的裙子一样。

当天晚上,安琴回宿舍时被崔阿姨叫住了。裙子拿出来跟新的一样,崔阿姨对安琴说:"你可以穿着它参加毕业舞会,那点小瑕疵谁也看不出来。"

安琴就与崔阿姨多聊了几句,感叹与阿姨只有一年的缘分,好像才认识就要告别。阿姨笑说:"怎么会,你不读研吗?听口音,你老家离这里不会超过百里,就算工作了,也有机会常回来看看的啊。"安琴就说她将去新疆了,六月底,一拿到毕业证就走。崔阿姨默然,过了好久才问安琴:"是为了一个男生吗?为了和他在一起?"

安琴点头,心头忽然堵得慌。她微闭了眼,眼眶酸涩,心头忽然涌出不安。崔阿姨眯眼打量安琴,说:"又有一位妈妈要远离自己的闺女了。"不知为什么,她不说"又有一位闺女要远离妈妈",让安琴心里更加愧疚。电话里,母女论战最激烈的时候,她都没有这么愧疚过。可能是因为崔阿姨站在当妈的立场上来说这件事,她与这个故事的相关各方都没有利益的瓜葛,于是她的心思,才显得如此动人吧。

崔阿姨说:"你都想好了?对方值得托付终身吗?你这一去,是丢了自家的根据地呢。"安琴只是说:"开弓哪有回头箭。"

自从决定离开,安琴和男友都没在沿海这边的大城市找工作,也没有动过出国或考研的心思,一心一意准备着物质和精神的食粮,连两箱书都提前托运走了,只等着到那北疆大地的深处去,像一颗种子一样播种在广袤的沉静中。

安琴断断续续告诉崔阿姨:他是从北疆考来的,要坐三天的雪爬犁和破中巴,再倒长途车才能到乌鲁木齐。他说过那里的孩子要走出来,最缺的是教师。

崔阿姨吁了一口气,说:"你把要缝补的衣服都拿来吧。这节骨眼上,也晓得你没法找家人倒倒一肚子的想法,还是咱娘儿俩唠唠吧。基本的针线你也要学一点。这么远的地方,将来肯定要靠自己。"

安琴就把607室所有女生要缝补的衣服都拿到崔阿姨那里去了。也搞不清安琴和崔阿姨都谈了些啥，只见安琴彷徨不安的眼神日益坚定和清亮。这是好兆头哇，因为毕业的时光，也在骤起的蝉鸣声中，一天天近了。

浴

江 媛

　　他熬到四十五岁,终于拥有了自己的工作室。

　　为使工作室符合自己的心意,工作室的装修他都亲力亲为,他先是一次性付清房子的装修费,然后每日步行半小时来到自己的工作室监督装修工干活儿。

　　他的房屋装修快接近尾声的那天清晨,手机突然像鸟那样鸣叫起来:"喂,是你吗?"女人甜脆的声音挠得他心里痒痒。为表示殷勤,他把耳朵贴在手机上立即说:"哎,是我,是我。"女人旋即咯咯笑起来,笑声像一群白鸟钻进他的书房,又撞在一串风铃上,落在他的耳畔。女人说:"哎,你在干什么呢?"他急忙说:"我正开着窗子吹风呢?"女人一听又乐了:"下这么大雪,你开窗吹风?"笑声旋即传来,他急忙解释:"我的工作室刚装修完,味大,开窗透透气。"

　　女人说:"什么工作室呀?"

　　"我买了一处房子,当工作室。"

　　女人听了连忙说:"哎呀,真好,真好。"

　　他听女人这么说,突然把话锋一转:"等我房子弄好了,我请你来住。""真的吗?"女人开心地问。他一脸诚意地说:"真的,这样你就是第一个住进我新房的女人。"女人听了哈哈一笑说:"我们可是只见过一面。"他说："那天，会没开完，我站在门口，看着你坐上白色本田走了，心里真不是个滋味。"女人听完不言声了。

七月的一天，女人到他所在的城市出差，她突然想起他充满忧伤的最后一句话。当火车开出四小时以后，她给他发了一个短信：我正坐着火车，去往你所居住的城市。他的短信立即挤进来：我在车站等着你，一直等到你出现。

火车到站后，女人动作缓慢地下了车，这时候她看到站台上站着一个高大的身影，她的心怦然一动。他灰白的长裤和时尚的 T 恤让他在人群中格外醒目，她迟疑了片刻，突然绕到他身后，决定一逃了之。他低头站在原地，当她快要与他擦身而过的时刻，他猛一转身把她抱住了。她低头不敢看他的眼睛，那期盼的火焰，阳光刺目的站台，让她一阵晕眩。他轻轻牵了一下她的手，卸下背包搭在肩上。她的手仿佛被电击了一下，那慌张一直抵达她的内心深处。

他和她一路走出车站，一路忐忑沉默。

他拦下一辆出租车，请她上车。

眩晕的她听了指令，听了白昼日光的安排。

下了车，他又牵着她的手，她的手在颤抖，已好久没人像他那样给她以保护般的牵手了。她不再拒绝，情愿留在充满暖意的旋涡中，被卷走。

到了工作室门口，他打开门，门内的景象让她呆住了。西洋红的房间，整个东北两面墙从屋顶到地面全都摆满了书。无尽的书的气息拍打着她的肺腑，令她把外部世界的喧嚣统统忘记。他放下她的包，请她走进厨房，在冰箱旁的一把椅子上坐下。她没有拒绝。他打开冰箱寻出一只红番茄洗完递给她，她咬了一口说："红番茄真好。"她坐在那里吃番茄，他坐在她对面，他们的腿偶尔对碰到一起，女人急忙缩回去。他站起身，取出坐在身下的一本小说，自嘲地说："你瞧，我把它坐屁股底下了。"女人目光沉静地看了他一眼，她一口一口地吃着番茄，动作缓慢，脸颊绯红，番茄味的清香很快弥漫了整个房间。他们都有些眩晕，女人这时突然问："你怎么不吃?"他笑笑说:"只剩这一个了。"女人低下头,露出白皙的脖颈,脖颈随着她的吞咽呈现出优美的运动线条,他的内心涌起一股想伸手触摸的冲动,他忍住了。他的一对膝盖再次与女人娇小的膝盖碰触到一起,这一次女人没躲开,他颤抖着手伸向那对调皮的膝盖,试探性地爱抚。他躲开她迷离的目光,陷落在一片红番茄的光里,他摩挲过女人的膝盖,继续向上,她躲开,慌乱地说:"你先到别的房间去吧。"他没动,他的手停住了。

女人吃完番茄,离开厨房走进客厅,他跟着出去。他们站在一个棕红色书桌前,桌上放着一张女人的照片,她看了一会儿照片问:"她是谁?"他说:"我老婆。""她很漂亮。"女人说完用怀疑的目光瞟了一下男人。男人躲开她的目光说:"你累了吧,先洗个澡,然后睡会儿。"女人确实累了,她没反对他的建议。女人站在他面前,她能听见他愈来愈急促的喘息。她想离他远一点,但她动不了。他替她脱去她的上衣,然后胸衣,之后鞋子、白色棉裙。此时她看见了照片上的几个人,一群法国新小说派的作家,他们目光锋利,困在各自的身体里。他牵引她走进浴室,拧开开关先在手心试试水温,而后站在她身后,冲洗她,她有些难为情,却无法解决。她不敢回头,只顾搓洗自己,他一动不动,似乎是她身后的喷头固定装置。他的目光流过她的后背,然后向下,一直到她小巧的脚踝,她用一只手使劲按压住自己蹦跳的心口,用另一只手搓洗乳房、肩膀、腹部。他的手跟着她的手运动,水流追着她的手,冲过她身体的每处。他们陷入了僵局,水声在耳边哗哗变响,他们感到呼吸困难。他的呼吸在她身后消失了,这使她的动作越来越机械,水珠在她指尖乱溅。许多水珠打在她胸前,令她愉悦。洗浴进行了很久很久,比一生还长,她看见墙壁上一张裸女油画,她记得那画出自鲁本斯之手,奢华的欲望,美丽的肉体,华丽的床榻。她闭上眼睛,寻找出路。

此时门外响起了门铃声,水戛然停了。

失 踪

谢志强

艾城颇有名气的雕塑家童先生突然失踪了。

三天后，刘女士报了警。警方也没发现童先生失踪的线索，而刘女士也提供不出丈夫失踪的迹象。

更似不辞而别，或者，他出了门，去寻找什么。刘女士记得，三天前的夜晚，童先生在梦中呼喊，然后惊醒。刘女士抱着他，他偎在刘女士的怀抱里，她能感到他的身体还在颤抖，做了噩梦。

刘女士说："平时，他不愿跟外界交往，只是待在"童年雕塑工作室"里，那间屋子，我也很少进去。"

刘女士打开二楼的那间屋子，满屋子的小孩——一座座儿童的雕像，姿态各异，所有的儿童像刚出生那样赤裸着，而且，都是男孩。

警察询问："他何时开始创作儿童的雕像？"

刘女士说："他有了现在这个儿子吧，那之前的题材很杂，有动物，有老人。自从有了儿子，题材就固定在小男孩上了，似乎是从婴儿起，到儿子现在的形象，几乎是我们儿子的成长史，儿子刚上小学。"

警察说："小男孩的相貌，并不是同一个人呀。"

刘女士说："不要看表面，其实是同一个小男孩，他可能把看见的小男孩也放在其中了，他特别喜欢小孩。有一天，我回来，他和儿子在院子里玩泥巴,捏了一群小泥人。结婚之后,我发现,自己嫁给一个长不大的小男孩,尽管他比我大三岁,可是,一起生活,他简直就是一个小男孩。有时候,我就想,我有两个儿子,丈夫是大儿子。"

陪同警察的还有一位艾城年度雕塑展的策划人。他说:"我妻子也说过,我是她的大男孩。"

警察看见了刘女士脸一红,说:"生活里,这方面童先生还有什么细节,可能隐藏着他失踪的秘密。"

刘女士迟疑着,脸上的红在加浓。

策划人说:"我们都是过来的人了。"

刘女士说:"儿子出生后,我的奶水很丰沛,儿子长得又白又胖。有一天,老公捧住我的乳房,说我也要吃奶。他吮着我的乳头,像婴儿一样,几乎是模仿着他的儿子那样。他还要我给他唱摇篮曲,那样子,完全像个婴儿。我说你跟儿子争奶吃呀。他说我喜欢这样。"

警察和策划人观察着一屋子神态各异的儿童雕像,仿佛他们都是刘女士的乳汁所哺育。

刘女士说:"那以后,他只是雕塑小男孩,他说我们的儿子给他带来了灵感。他常常在床上逗儿子玩,儿子骑在他背上,像牧牛那样。他是个好爸爸。"

策划人说:"这次名家雕塑展,我很诚恳地邀请他,他始终没有答应,甚至,还躲避我。"

刘女士说:"他不大肯跟你们打交道。"

警察说:"童先生是不是有社交恐惧症?"

刘女士说:"他就是喜欢小孩,他说儿子唤醒了他的童年。说起童年,他没有什么记忆,他还说他是没有童年的一代。"

警察说:"没有童年?谁能跳过童年直接到达青年呢?"

策划人说:"很可能,他没有过童年的乐趣,童年跟玩耍联结在一起就有乐趣,你发现没有,他在院子里跟儿子一起捏小泥人,这一屋子小男孩的材料都是泥土。童先生的雕塑跟艾城其他雕塑家用的材料截然不同,而泥土跟童年的乐趣紧密相连。看来,你们固执地住在老房子里,是为了亲近泥土吧?"

刘女士说:"这一点,他很固执,不愿迁入钢筋水泥结构的楼房。"

三人来到院子里,院门的左侧,一棵桂花树下,有散乱的碎片,像是一尊雕像被击碎了。不过,也看不出有外力撞击的痕迹。

刘女士说:"他从来不把雕像拿出来。"

警察察看碎片的现场。取了几个碎片,装入袋内。

策划人怀疑有人来盗窃"小男孩"雕像。

化验结果出乎意外:那碎片跟人体组织完全一样,只不过,肉体硬化了,仿佛是出土文物——古代的尸体。

刘女士说:"那几天,他不叫我碰他,他焦虑、恐惧,好像我要是一碰,他就会粉碎,他显得很脆弱,受到什么威胁那样。"

策划人说:"我找过他几次,这样的展览,缺乏了他的作品怎么行?可我绝对没有威胁过他,他失踪,是不是躲避我们?"

刘女士瞒着儿子,总是说爸爸去很远很远的地方了,过些天归来。可是,儿子说:"爸爸约定了,要和我一起玩泥巴,捏好多好多小泥人。"刘女士说:"爸爸一定有急事儿,走得很急。"

其实,那天半夜童先生噩梦惊醒,刘女士哄他继续睡,她醒来,天已亮了,另一半床铺空着,被窝里还留着余温。童先生什么时候起的床,她没感觉到,楼上的房间里,也没有童先生,而往常,他必定在里边雕塑"小男孩"。

童先生去向不明。警方还是难以置信童先生就是那一堆碎片。难道童先生把自己不慎玩碎了?肉体怎么有瓷器的质地?

儿子睡不安宁,好像失却了一个喜欢的玩具。刘女士一再哄。儿子说:"我要爸爸,爸爸不会说话不算数,爸爸跟我拉过钩。"

刘女士说:"你爸爸回来,一定要他给你多捏一倍的小泥人,一院子小泥人。"

深夜，儿子把刘女士唤醒，说："妈妈，妈妈，你起来。"

儿子牵着她的手（她像梦游一样），来到院子里。一院子如水的月光。树荫下边，站着一个人。

儿子说："我发现了爸爸，我创造了爸爸。"

刘女士拉住童先生的手，那手凉得她一下缩回自己的手。

童先生说："你别怕，我还没暖过来。"

刘女士抱住童先生，像抱一尊雕像，她把他抱回屋子，放到他那一半床上，给他盖上被子，说："你跑到哪里去了？"

儿子得意地说："我发现了爸爸，我创造了爸爸。"

刘女士笑了，说："这孩子，长大了你就懂了，是爸爸创造了你，你怎么创造爸爸？"

儿子说："我听见院子里有响动，我走到树下，什么也没发现。我尿憋了，就在树下边尿了一泡尿，爸爸就在我的尿里站起来了。"

刘女士摸摸他渐有体温渐感柔软的身体，她想象儿子那一泡长长的尿，尿到碎片上边，碎片重新聚集，立起——儿子不是创造了爸爸吗？

童先生说："幸亏有了我们的儿子，小男孩的尿有力道。"

艾城名家雕塑展结束，策划人获悉童先生又回来了，无不遗憾地说："难道童先生以这种失踪的方式拒绝参展？"

童先生说："我根本没有玩失踪。"

童先生失踪事件，刘女士和儿子对此守口如瓶。我知道，这样的故事，按现实的常规，谁也不信——信不信由你。童先生告诉我这个奇迹时，自豪地说幸亏有了这个儿子，一泡尿把我给发现了。童先生还感叹：其实，人很脆弱，一个没有童年的人更脆弱。

报　复

金　波

　　和丽君分手后，我一直心存不安。我知道是我对不起她，在耗尽了她的青春后，我移情别恋，与另一个青春女孩相好，扔下一个徐娘半老的她。但我去意已决，由不得她的任何哭求。尽管从她的眼神里流露出的是伤痛，是埋怨，是仇恨，我仍然视而不见。我想：长痛不如短痛！如果我心慈手软了，第二个年轻女孩就不会躺在我的身边。

　　不过，心中的歉疚还是在所难免，毕竟责任在我。正因为这样，我对她打来的骚扰电话不做任何过激反应。每天深夜，十二点钟的时候，我的电话准时响起。一拿起话筒，那头的丽君就向我不停地哭诉，倾诉她的苦闷和孤独，咒骂我的无情和寡义。等她哭够了，骂累了，我才回一句："现在可以挂上了吗？"丽君恶狠狠地说："你会得到报应的！"

　　我心平气和地接听她的电话，尽管心中有些不满，也不想表现出来。我知道这是一种分手后遗症，是失恋的阵痛带来的后果，随着时间的流逝，等她的伤口慢慢自愈了，一切不快即会结束。因此，每天晚上，我仍然继续耐心地听着她的哭泣和埋怨，听完"你会得到报应"的咒骂后，轻轻挂上电话，长舒一口气，然后再给新相好送去我的问候。

　　然而，已经过去许多时日了，丽君仍然准时打来骚扰电话，似乎没有停止的迹象。她的哭声仍然是那样沙哑，她的怨恨仍然是那样强烈，她的咒骂仍然是那样恶毒。"丽君,请听我说。"这一次,我没有问她可不可以挂上电话,"事实早已形成了,还是省点心吧。从明天开始,我的女友就要和我生活在一起了,希望你理智些,不要再打搅我们。"我撒了一个谎,想逼她放手。"是吗? 也就是说,你就要和另一个女人同床共枕了,而我仍然孤枕难眠。你觉得我应该停止吗? 不! 也许我明天还会做出一个更大的动作给你瞧瞧,让你终生难忘。"

看来,我仍然需要等,等她自己厌倦的时候。

可是,第二天晚上,十二点钟已经过了,我的电话仍然没有响起。奇怪啊,听不到她的咒骂,我反倒感到更加不安。这是一种什么心态? 时钟"滴答滴答"响个不停,我守在电话旁难以平静。我想:丽君是个说到做到的人,何况,她的仇恨还远远没有消失,不会就此罢休。我忽然想起她的最后一句话:"我明天还会做出一个更大的动作给你瞧瞧,让你终生难忘。"天哪,难道她真要做出什么出格的事吗? 我知道她是一个心气很高的女人,找上门来大哭大闹不是她的风格。再说,她已经在电话里不止一次地哭过、闹过。莫非……我的脑子"嗡"的一声,突然觉得大事不好! 是的,她可能会自杀! 从她过去的哭泣声中,不难听出她的绝望和无助,她想用自杀来惩罚我的无情,特别是得知我要和新女友同居之后,想给我施加心理压力,让我在自责中过着痛苦的生活。她知道我不是一个彻底绝情的人。不管怎么说,对她的任何过激行为,我都不能袖手旁观,不然,我真的一辈子不得安宁。

我冲出家门,骑着电动车,朝丽君的住处飞奔。大约一个小时后,我才赶到丽君的出租房——这个我曾经和她共同拥有的家。我使劲地摁着门铃,不见里面有任何动静。这更加增强了我的某种预感。幸亏我随身携带了一把尖刀,可以把门撬开。过去,在钥匙忘在家里时,我就是靠着这把尖刀把门撬开的,很管用。可是,当我把门撬开后,突然从小院中蹿出一条狼狗,"嗷"的一声朝我扑来。"包利!"我大叫一声,但已经来不及了,我的脑门儿被重重地咬了一口,鲜血顿时就模糊了我的眼睛。我惨叫一声,倒在了地上。"包利!"我再次大叫起来。狗却不理会,继续向我进攻,试图咬断我的脖子。幸好尖刀还攥在我的手里,我暗暗使劲,然后奋力朝狼狗刺去。包利惨叫一声,倒在地上,抽了几下腿,就断了气。

我从血泊中爬起来,踉踉跄跄地奔向里屋。一推房门,竟没有上锁。我跑到丽君的房间,一边跑一边喊:"丽君!丽君!"没有任何回音。直到把电灯摁亮,我才发现里面空无一人。就在墙壁上,原来挂着我们的合影照片的地方,赫然写着一行文字:

"这就是报复!"

我身子一歪,像一堵墙一样倒下去,失去了知觉。

刀

崔 立

冬天的夜黑得有些早了。

有点冷。更饿。

少年想都没想，就闯进了一家店。那是一家典当行。典当行里只有一个老头站在柜台前，操着一个算盘，在算着什么。

少年的手里拿着一把菜刀。爸妈离婚后，法院把他判给了父亲，可父亲整天忙着赌钱，赌得家里越来越穷。有时还会狠狠地揍上少年一顿，骂少年是扫帚星。家里已经没留下什么东西，该卖的也都卖了，唯一能利用上的，就是这把刀了。

少年重重地将刀拍在了柜台上。声音有些响，老头听到声音，忙抬起了头。

少年狠狠地瞪了老头一眼，刚想说些什么。反而被老头抢着说了，老头很认真地扫了刀一眼，猛地，脸上流露出难以置信的表情，连连点着头说："这刀不错，值不少钱呢。"

少年愣了一愣，不明白，这刀怎么就值钱了？这刀，是少年在抽屉里无意中翻到的。

老头看少年茫然的神情，就笑了，说："孩子，这刀的来历，你爸妈没和你说过吧？"

少年摇了摇头,说:"没有。"

老头就给少年解释说:"这刀啊,可是几百年前的神物啊。你看这刀,是不是不见它生锈?还有这刀柄上,是不是刻了一个'李'字?"

少年认真看了一下,还真是,这刀发出缕缕寒光,不见任何锈意。少年还看到刀炳上的"李"字。少年就姓李。看来,这刀还真是祖宗传下来的呢。

不自觉地,少年忙拿住这刀,满是警觉地看了老头一眼,说:"如果我抵押在你这儿,你能给我什么价钱?"

老头想了想,又想了想,就说了一个数字,一个足以让少年心动的数字。

少年重重地点了点头,说:"可以,成交吧。"

因为有了这笔钱,少年很圆满地度过了那个寒冷的冬天。少年没把卖刀的事告诉父亲,若是让父亲知道了,这钱肯定会成为他的赌资,继而又落入别人的腰包。

因为有了这笔钱,少年并没再有过那种过激的想法。

有时候,少年甚至会想,若是那天,老头没认出那把刀的来历,自己抢了这家典当行,现在又会是怎样呢?会不会是坐在围墙高高的牢房内,等待着哪一天的自我救赎呢。

莫名地,少年忽然有些感激起那个老头来了。

若干年后,少年长大了。

那笔钱,几乎支撑了少年整个成长的历程。

少年慢慢地成才了。大学毕业,直至自己开了公司。

没几年,少年就赚了许多的钱。

有了钱后,少年会想到那年冬天的事儿,还有那把祖传的刀。

少年忽然就动了想把刀赎回来的念头。

少年想,凭他现在的财力,想赎回这刀,应该不难。

少年驱车到了那家典当行的门口。

少年没看到那个老头,柜台前站着的,是一个年轻人。

少年说明了自己的来意。少年问年轻人,自己需要支付多少钱,才能赎回那把刀呢。少年想好了，一定要好好和这个年轻人周旋一下，尽量把价格压到最低。少年有钱，但不想花冤枉钱。

年轻人只是微微笑了笑，就把少年往里面带。

进里屋，看到坐着一位老人，他已经很老了。少年还看到橱柜打开的一角，放着一把早已锈迹斑斑的刀，那刀的刀柄上，刻着一个大大的"李"字。

少年有些不明白。

年轻人就笑着给少年讲了一个故事。一位老人看到了一个心生邪念的少年。老人想拯救少年，就想了一个办法。把少年手上持有的刀，谎称是宝刀，许以重金买了下来。老人只希望少年能因此走上一条光明正大的路。

那一刻，少年发觉已经控制不住自己的泪水了。

故事讲完了。

老人面色凝重地看着少年说："现在明白我做这一切的初衷了吧？"

少年点了点头。

老人最近专门出资设立了一个救助基金，无条件地救助那些需要救助的人。

老人还有一个身份。

就是本市最大的典当行的老板。

怎么回事

金晓磊

三十五岁那年,孙三终于和一个叫苏蕾的女孩结了婚。我这样说,丝毫没有贬损孙三的意思。事实上,认识孙三的人,都觉得他十分优秀。夸张点说,孙三往大街上一站,随便找个漂亮的女孩都愿意和他交往的。而之前,孙三也处过几个女朋友,但每次到女孩子提出想要结婚的时候,孙三就临阵退缩了。不是他不想结,而是他不敢。没错,是"不敢"。

和苏蕾婚后的生活,甜蜜而温馨。偶尔,苏蕾出个差,孙三就想得不得了。好在有"小别胜新婚"来回报这个思念之苦,让孙三感觉一直有恋爱的味道。

可是,孙三一直担心的事情,在他三十七岁那年那个夏浅秋深的早晨,还是发生了。

那天,孙三一觉醒来,觉得喉咙十分难受,他立刻赶去了医院。

医生说:"你是扁桃体发炎,吃点消炎药就没事了。"

孙三一听,急了,说:"不行,不行,你得给我挂点滴,而且药量要加大点!"

医生狐疑地看了看孙三,还是给他开了点滴药。

第二天,孙三感觉症状并没有减轻,他开始发烧、咳嗽、流鼻涕。孙三只好又赶去医院挂点滴。连续挂了五天,烧退下去了,鼻涕也不流了,但咳嗽症状依然存在。

这个"存在"一直到第二年春暖花开的时候,苏蕾像是突然记起来似的,问道:"三哥,好像有一阵子没听见你咳嗽了?"

孙三像是获得老师原谅的孩子一样,点了点头。

遗憾的是,这样的好光景只持续到这年秋天来临的时候。不久,孙三再次出现了去年一样的感冒症状。而且,整个病情的发展,也和去年十分相似。

苏蕾很纳闷:"三哥,你到底是怎么回事啊?"

孙三说:"我也不知道是怎么回事。"

最后孙三终于败下阵来。他说:"我大概是要谈一场马拉松式的恋爱才能不感冒。"

苏蕾说:"你是说胡话,还是想把我甩了?"

孙三咳嗽了一下说:"其实,我真不知道是怎么回事,我只知道从我二十岁开始,每年夏秋换季,我都会得一场很长时间的感冒。中医西医,都看了,但还是没效果。后来,我在网上看到一条新闻说:据科学家研究,恋爱中的男女,能够产生一种激素,能降低感冒的概率。"

"后来你是不是试了试,效果还不错?"苏蕾笑眯眯地问道。

孙三憋了这么多年,感觉总算找了个知音,激动地拉住苏蕾的手说:"是啊,是啊!"苏蕾变了脸色,甩开孙三的手,用食指点着孙三的鼻子,恶狠狠地说:"孙三,你个王八蛋,想离婚想得都能当编剧去了!有必要吗?"

孙三一下就愣住了……

不久,苏蕾就和孙三离了婚。孙三便去了一个遥远的城市。

陆陆续续地,孙三又谈了几场恋爱,最终的结果却都是一样的。有一天傍晚,孙三看完一场零比零的足球赛,忍不住骂了句:"一帮人在那里瞎折腾!"一说完这话,孙三忽然觉得自己真他妈的是个十足的王八蛋,自己的恋爱,不也是在瞎折腾、害人家吗?想到这点,孙三恨不得立刻扇自己几个耳光!

那一刻，孙三决定不再"害人"，而是"害己"——跑步锻炼身体。很快，孙三换了套衣服立刻沿着小区周围慢跑。还没跑几百米，孙三就觉得气有些接不上来了。看来自己是真的老啦，孙三正想着，不远处的小公园里传来"你是我的玫瑰你是我的花"的音乐来。是一群人在跳舞。

孙三找了个石椅坐下，看他们跳舞。男的，女的，上自七八十，下到七八岁，都有。音乐一换，他们又跳起了另外一种舞。实在好看极了。

正如你预想的一样，后来，孙三喜欢上了跳舞。看她们跳舞。看她们扭动的屁股，看她们胸前的"兔子舞"。

每天，只要不刮大风，不下雨，孙三就慢跑到小公园，然后找个地方坐下，看那些年轻漂亮、身材曼妙的女性跳舞。那感觉就像一场暗恋。

日子一天天过，从一个季节到另一个季节。与往年不一样的是，孙三在这个没有恋爱的秋天里并没有感冒！孙三很快就猜到大概是跑步和看跳舞起了作用吧！既然有效果，那就坚持下去。不是说，坚持就是胜利吗？

这样，一年又一年过去了，除了偶尔有个小感冒，孙三再没有像以往那样的感冒经历了。

在某个桃花朵朵开的春天里，孙三决定最后一次谈场恋爱找个伴。

人选，是早就看好了的。就在那群跳舞的人中，那个人家都叫她雅芳的女人。

交往得很顺利，孙三就把雅芳邀请到家里来了。聊啊聊，就聊到了那个话题上。

雅芳突然问了一句："你多大了？"

孙三愣了下，他一时也记不起自己多大了。他掏出皮夹，拿出里面的身份证递给雅芳，说："我眼睛不好使了，你看看！"

雅芳接过身份证，她忽然惊叫起来："天哪，你都可以做我爹了，还老牛啃嫩草，想占我便宜啊！她把身份证往桌上一扔，落荒而逃……"

孙三找了副老花眼镜，拿过身份证一算：照片上的人都快八十了！

他摘下眼镜，摇摇头，嘟哝了一句："我怎么一点都不知道啊……"

二十三岁那年的艳遇

冷清秋

那个冬夜，我睡了二十三年的单人床上多了一个女子。

我和她素昧平生，不知道她的姓名、年龄和籍贯。开始，她很拘谨地缩成一团，只盖了被子一角。后来大概扛不住冷，又看我闭着眼睛一言不发，就把身体挪进被窝缩短了和我的距离。床很小，即便隔着衣物，也感受到她肌肤的暖。我的心不受控制，突突突地使劲跳，闭着眼睛，在心里设想步骤。怎样解衣服的扣子，怎样解皮带扣。先脱上衣还是裤子，先脱我的还是她的。时间在一分一秒地流逝，我的燥热逐渐平息时，她却将滚烫的脑袋偎在了我的怀里。大脑一片空白的我失去思维意识，只知道机械地拍打着她的脊背。

她在我的怀里翻来翻去地煎熬着我，直到天色微明，才呢喃着睡去。盯着那熟睡的脸，我边骂自己傻蛋，边设想如何将她按住，吻她的眉还是吻她的眼，捉她的手，还是搂她的腰。甚至她如果反抗，就将她捆起来，绳子就地取材用自己的领带。千载难逢的好机会啊，唾手可得。而她似乎洞悉我所有的想法，竟然挑战似的，翻身将腿压在我的身上。我犹豫要不要抽出发麻的胳膊，逃离那条腿时，她又呢喃着探过来向我索吻。这真是令人兴奋不已，我敢打赌，任何一个高明的作家笔下都难以构思出这样的情节，但就这样真实地在我的眼前发生了。我只要闭着眼睛去捕捉或迎合，就会得到一直以来想要的。可鬼知道怎么回事,我居然一把推开她,红着脸,一本正经又十分拘谨地说:"别,别这样。"

我的脑袋一定是被驴踢了,不然何以那么不开窍。她也不相信似的瞪着我,像看一个奇怪的外星生物。接着,她缩回身子开始脱自己的衣服。眼看着从薄薄的毛衫下跳脱出一抹耀眼的白,仓促间我竟然捉住她的手哽咽:"别,我们别这样!"这哪里是真实的我呀。我一边恶毒地暗骂自己虚伪,装×,一边又颤抖着手帮她将毛衣套回去,藏起那诱惑。那晚最亲热的该算是她扑进我的怀里,将饱满的胸挤压在我的胸前,额头抵着我的脖颈,号啕大哭吧。导致我的脖颈被泪水淹渍,湿漉漉中透着悠悠的凉意。

第一缕阳光透进窗缝时她停止哭泣,整理好自己走出了我的小屋。没有挽留,没有告别,像从没出现过一样。但她从没走出我的记忆。她走后的无数个夜晚,我都不停地反思自己行为的对与错。我无法理解自己或给自己单纯地定义为好人或是流氓,更没法原谅自己在关键时刻居然这么面瓜。所以,更多时候,常常懊恼,我一定是脑子进水了,生锈了,或者脑电波短路了。不然,怎么会那么英雄情长,不管不顾地将一个陌生女子领回家。仅仅是看她喝得酩酊大醉,大半夜的一个人东倒西歪在车流之间穿梭摇晃担心吗?还是看到她,想到孤单又失业的自己,都像断线的风筝那样无助?不然是那刺耳的刹车声里,看她稀里糊涂地被胖子拽着朝车上爬忽然之间正义爆发?

但我决不后悔那次遇见。若不是当时我那底气十足的一声断喝,鬼知道她那晚会在什么地方,遭遇到什么。我也常想,若不是她那晚喝得酩酊大醉,说不定我们俩之间真的会花好月圆地发生点什么。可发生点什么呢?我想了很久也想没明白。我把这件事讲给我的铁哥们儿兼密友赵传儿听。赵传儿撇撇丰厚的嘴,挺挺壮硕的胸,飞我一个白眼:"你的精神病又犯了不是?真变态,写出来谁会喜欢看呀。"

我突然有点后悔。不该告诉赵传儿这些。但至少我弄懂了一点,那个出现在我床上的女子绝不是赵传儿。绝不!赵传儿似乎看穿了我的心思,极具轻佻地斜我一眼说："把自己写那么嫩啊！"

脸一烫，这才注意到自己枯枝般的手背上，那触目惊心的老年斑。回头再看，赵传儿的背已经驼得像背了座小山。真不可思议，我居然会娶了赵传儿这么俗的女人做老婆。这真让人无法容忍，下一篇一定和她离婚！

文玩核桃

徐慧芬

瞧见有些上了年岁的人吗？掌心里常滚着一只核桃。核桃质硬，壳上有自然孕生出来的纹样，捏在掌心里，不停地摩挲着，刺激着掌上的穴位，据说能防老年痴呆。这核桃若经人长久把玩，留下了古人的手泽，也可以当文物了。有人爱好收集这种核桃，当古董赏玩，故称之为文玩核桃。

傅三是在四十岁后开始玩上的。祖上留下来一只核桃，色泽赭里透紫，泛出幽光，一看就知年代很久了。这核桃，个大，纹路深，圆形略扁，坊间称"大灯笼"，是收藏人的最爱。据家里长辈说，它曾是贡物，本有一对，是分不清你我的双胞胎。另一只在傅三爷爷小时候给弄丢了，实在是可惜了！

因此，傅三的收藏有了目标，就想找到那只配对的。好些年下来，钱也折腾掉不少，大大小小、成双配对的也弄到一些。但祖上丢失的那一只，在哪儿藏着呢？这成了傅三心头的病。

这天傍晚，傅三溜达到新居附近的一片绿地里，一群人正围住一白须老者。老人八旬模样，声气颇足，边说笑边摩挲手中物。这一瞧，傅三的眼一下子像被电击中了，胸腔里的那颗心顿时跳得要蹦出来——老者的手中物，正是傅三心头多年来的念与想！

傅三一步步地接近，渐渐地，与老人熟了。某一天，傅三备下酒菜，邀老人来家叙谈。酒酣耳热时，傅三转身捧出一只木匣来，掀开盖，大大小小的文玩核桃出现在老人眼前。傅三说，这是十多年收藏下来的。老人叫了声好。傅三又转身进里屋捧出一只小锦匣，开了匣盖，老人的眼热了起来，这一只核桃竟与他手上的一模一样，纹丝不差！

傅三红着脸，把心事摊开了，说愿意用这一大匣的核桃换下对方那一只来。老人不言不语，继续喝酒吃菜，半晌，才吐出几句话："小老弟，听没听说过君子不夺人所爱呀？我也好这物，照我的心思，也想出个价，把你的这只归了我，可我没言语呀！"

傅三的脸一下子红到耳根！傅三想，这话厉害呀！再细想，觉得老先生毕竟做人做得比他有境界，静下来心里便生出些惭愧来。此后傅三再没勇气提这事了。只是宝物亮了相，傅三偶尔也会把它捧在手上把玩一下，在人面前露露脸。有时呢，与老人聚在一起时，也让这一双宝贝暂时在同一双手里，拿捏拿捏，把玩把玩，然后再各归各。

傅三与老人的友谊渐深，两家常走动，俩人常聚在一起谈古论今。又过了些年，老人已近九旬了，老伴也已去世，一个女儿又在外地，傅三就常常去老人那儿陪着聊聊天或帮着干些活。某一天，老人病重，躺在床上，对傅三开了口："小三啊，我怕不行了，死前能否圆我一个愿，把你那只核桃放我这儿，让我成双地玩几天，行不？"

傅三没想到老人会开这个口，沉吟了一下，心想，就当他是自己爹吧，临死的老人，让他高兴一点吧。于是赶紧回家把核桃取来，塞到老人手里。老人握着核桃，脸上露出笑，对傅三说："小三啊，人活不过物，我也没几天玩了！"看着老人油灯将灭的模样，傅三一阵心酸，忙岔开话题说些宽慰话。

临终前，老人的女儿赶了回来。大家一阵手忙脚乱，谁知道老人手里的那对核桃竟不见了。傅三叹着气，帮着老人女儿料理完丧事，想起这对核桃，心里难免发堵，但也只能宽慰自己：权当它是陪老人去了。

过了几天，老人的女儿找到傅三，端来一只瓷匣子。匣盖打开，傅三一下子如同跌入梦中！匣内竟一溜齐摆着四只形状、大小、纹路、色泽恰似一个模子里倒出来的"大灯笼"！待脑筋转过弯来，傅三才知道这原来竟是四胞胎呀！这谁能料得到呢！傅三大叫一声："怪哉！"老人女儿说："匣里留着老人的遗书，遵从父命，全留给你的。"

傅三的眼泪汩汩涌满一脸，把瓷匣捧在胸口好半天。平静下来，他只拈出两枚，另两枚让老人的女儿收着，理由是："满易亏。"

良 心

纪富强

世上没有两片相同的叶子，但世上偏偏总发生一些似曾相识的奇事。

今年冬天的一个凌晨，民警老白和队员开车经过居家城市场，由于车速慢，透过车窗，老白远远发现地上散落着许多钞票。

此时，天上正下着小雪。而随着小雪飘然落下的，还有一些花花绿绿的钱。

夜巡这么多年，老白算头一次开了眼。天上下雨下雪下冰雹甚至下沙子他都经历过，唯独下钱还是第一次见。

老白下了车，顺着飘钱的方向抬头看，发现头顶高耸的塑钢大棚边角上，正斜搭着一个黑色皮包，钱就是从那里面忽忽悠悠地飘落而下的。

老白赶紧指示队员去摘包，自己弯腰去地上捡钱。难不成这真是上帝的打赏？不要白不要啊！

可捡着捡着，老白发现情况不对。

钱大都是些毛票，上帝怎么那么吝啬？

而且捡着捡着，老白有种强烈的不祥预感，问题究竟出在哪儿，一时说不上来。天那么冷，他愣是冒了一背的冷汗。

等队员把包够到手，地上的钱捡完，仔细一数，总共一千三百五十六块四。

有队员嘴快说："白队，情况不妙啊，一三五六四，一天没好事。天马上就亮了，咱撤吧？"

"撤？这鬼天，谁不想老婆孩子热炕头？"老白眼盯前方，前方是平时用塑钢大棚挡雨遮阳的菜市场，此时一片死寂黑不隆冬望不到头。"可事儿太蹊跷了，你们以为真是财神爷送钱？"

"有可能！"队员兴奋地说，"以前电视上还演过刮风下鲤鱼的事呢！"

老白冷嘲："那财神爷也忒小气了，看看这些钱，百分之八十都是毛票，还油乎乎脏兮兮的，像他老人家的手笔吗？就给这么点！"

老白说完，上车拿了手电，命令队员和自己继续往大棚深处走。队员们也来了兴致跟上，那架势颇有点阿里巴巴领着众乡亲发现了金山一样。

可他们一直走到尽头，再没有发现半毛钱，一路上也没遇到半个人影儿。

队员失了兴致，冻得冷冷缩缩。往回走时，老白依然瞪大着眼珠子到处逛摸。

终于，老白的预感应验了。他们虽走在同一个大棚下，但中间因有石板隔着，来回走的是两条道儿。返回途中，老白突然用手电指指左前方的地上，问身边队员："你们看，那是什么？"

队员们不看不要紧，一看汗毛都直起来了——

在那排极低的水泥隔板下面，赫然露出一只脚来，脚上穿着一只沾泥带水的女式皮鞋！

老白和队员虽见过不少伤害现场，可眼前这阵势实在令人心惊胆战。所有人的第一感觉，就是发生了杀人分尸案。

老白和队员赶紧上前察看，事情却出乎意料——腿是完整的腿，人也是完整的人。

等他们齐心合力小心翼翼把人从隔板下拽出来，竟发现那中年妇女还有微弱的呼吸！

救人要紧，他们二话没说就把妇女往急诊送。

然而这一送，却让他们没能在天亮时下岗。妇女的家属赶来后，死活不让走，一口咬定就是他们开车撞的人。

尤其是听医生初步诊断说，妇女很可能成为植物人时，家属闹得更为凶猛，非让老白他们掏钱赔偿。

老白和队员百口难辩，掏出工作证，掏出捡来的皮包和毛票，把过程详细说了一遍又一遍，可对方还是不信。队员要火，被老白强行按住。原来，老白也看出来了，对方不是不信，而是怕他们走了，找不到肇事者，医药费担负不起！

老白虽心里有气，但更恨那个撞人的家伙。经他分析，那人非但没施救，反而撞倒妇女后把她推到隔板下藏了起来。

要不是老白他们发现及时，妇女的命早就没了！

老白想趁着时间还早，去查那嫌疑人，可家属发觉了，硬拉着老白的胳膊就嚎："你还是个警察？你讲讲良心啊！你不能走……"

老白腾地一下也火了："是有人的良心叫狗吃了！我现在去给你们找找，找不回来我顶！"

老白把工作证押下了，带着队员返回市场，怎么找都没发现肇事车的残留物。这会儿雪又大了，人车过往繁杂，到哪儿去找肇事车呢？

要说老白脑子就是转得快，去查监控！那么早的时间，看他往哪儿逃？

等老白和队员分头把几个路段的监控找出来，很快就锁定了一辆崭新的红色三轮摩托车。批菜妇女被当场撞击的场面虽没拍到，但那车驶进大棚后一个黑色皮包被猛然甩出来挂在大棚上，数不清的钞票飘散而落的场景却历历在目！

接下来就好办了，家属看录像认出了肇事者。剩下的，抓人。

这事对老白本也不算什么，可从此以后老白多了个朋友，还多了句口头禅。

朋友，就是那个涕泪横流前来还他工作证的家属，他妻子不幸真成了植物人，可老白坚持隔几个月去医院看她，顺便甩出那句口头禅来："人得抽空来看看良心……"

鸟窝

刘黎莹

十几年前,这个故事像长了翅膀,扑扑棱棱一头扎进了我的耳朵。从此这个故事就一直栖息在我的脑海。现在,我来讲给你们听听:

磊和晶热恋时,磊用掉工作后好几年的积蓄给晶买了一枚白金钻石戒指。婚后,晶天天戴着这枚戒指,晶说:"我会戴一辈子的。"

可是,世事难料,真的是世事难料。

那天,磊的同学琛来帮磊钉窗纱。琛的手很巧,木工、电工、钳工,样样精通。干完活儿,琛说回去有事,死活不在磊家吃饭。琛匆匆走后,晶在吃完晚饭时发出一声惊叫!

原来,晶下午在院子里洗衣服时把那枚戒指放在窗台上,可现在却不见了!

两口子拿着手电筒在窗台前照了半天,可哪有戒指的影子?

两口子急忙来到琛的家中。磊让琛看看是不是在收拾工具时不小心把戒指一起收进了工具箱。琛忙拿出工具箱,三个人翻了个底朝天,连戒指的影子也没看到。

三个人不欢而散。

回家后,晶对磊说:"怪不得当时留琛吃饭,他非要走呢。"

磊说:"上学的时候,琛是个人品极佳的三好学生,是不是这几年到了社会上变了？"

晶说："咱家是独门独院，今天除了琛，谁也没来过咱家。当时，我的确是顺手把戒指放在窗台上的。还有，你不是说那天去买戒指时琛也去了吗？"

磊说："是啊。当时，我为了给你个惊喜，就没告诉你。戒指还是琛帮我挑选的。当时这枚戒指是金店里最贵的。他还说再过几个月把钱攒够了也给他的女朋友买一枚。"

晶说："这就对了。人为了爱情有时会昏头的。谁一生不办几件错事？他可能回家后就把戒指藏起来了。你们是好朋友，这事不要张扬。"

磊当时不愿意相信戒指是琛拿的，但磊又实在没有理由反驳妻子。磊只好听从妻子的话，不和任何外人说这事，却有意无意地疏远琛。

一个星期后，琛拿着那枚戒指来找他们两口子。

琛说昨天晚上他实在睡不着觉，越想越觉得这事蹊跷，从床上爬起来，就把那个木头工具箱给砸了。这一砸，奇迹出现了！很有可能当时收拾工具时戒指滚到了工具箱的缝隙中，因为工具箱是祖上传下来的，上边有很多的裂缝……当时磊两口子就想戳穿，因为两口子清楚地记得去找戒指时，工具箱是塑料的。

琛仍在说那个工具箱，琛在说的时候显得语无伦次，表情也不太自然。虽然琛的话有些破绽，但毕竟找到了戒指，磊两口子还是没好意思点破。

日月如梭。一眨眼，十年过去了。

那天，磊刚走进院子，就听到妻子的惊叫声！

十年前丢戒指时妻子这么惊叫过。莫非家里又出了什么大事？磊心里有些发毛，未等细问，却见妻子领着儿子来到他的面前。磊这才看见儿子胖嘟嘟的小手里攥着那枚丢失了十年的戒指！妻子惊讶得话都说不囫囵了："儿子……上树上掏鸟蛋，在鸟窝里掏出了这枚戒指！"妻子边说边把手上的戒指摘了下来——两枚戒指一模一样！

这次，磊莫名其妙地大叫一声！

他家这棵大槐树在他记事前就有了,看来当年妻子放在窗台上的戒指是被小鸟衔到了鸟窝里!

磊没来得及和妻子说话,就跑出了院子。

磊找到了一个女人,这个女人很早以前和琛谈过恋爱。磊说:"当年你和琛谈得好好的,为什么会分手?"女人说:"琛当年背着我借了好多的钱买了一枚戒指——我表妹就在他买戒指的那家金店上班。刚和琛谈恋爱时我让表妹悄悄在远处看过琛一次,但琛不认识我表妹。表妹以为琛是给我买的,一问才知道不是。琛死活不认账,说他要买也只会给我一个人买。这不是睁眼说瞎话吗?我觉得琛可能在和我谈的同时,还和别的女人有瓜葛,我一赌气就和他分手了……"

磊听着听着,惊叫了一声!

五年前琛病重时,在重症监护室吃力地想说戒指的事,磊不让他说。

磊不想让好同学在临咽气时检讨自己的错误。

磊说:"什么都不要说!不要说!"

当时,琛的眼里流出了眼泪,磊的眼里也有了泪花。磊用力握住琛的手。渐渐地,磊感觉到,琛的手越来越凉,越来越凉……

叹 服

田洪波

儿子虽然当官了，可儿子一点也高兴不起来，原因是父亲总看着他。

父亲退休后没事干，就整天逛大街。儿子现在是路灯管理处处长，父亲关心的焦点自然也在路灯上。哪条街更换了新灯父亲都有数，可儿子却感觉很不自在。

儿子央求父亲说："您没事钓鱼成吗？大小您也是处长的老子。整天遛大街，不安全不说，我这面子也不太好看。"

父亲嘿嘿一乐："你怎么忘了我是干什么的了？我是这个城市最早的路灯管理者，我看街灯与你没关系。再说，有多少人能认识我呀？"

一席话把儿子说得没嗑了。

父亲确实有过一段光荣的历史，可说是路灯管理的元老级人物。儿子就是接替退休的父亲进的路灯管理所。早年，父亲最惬意的事就是喝着酒给儿子讲历史。父亲自豪地告诉儿子，建市初期，路灯都是清一色的小弯灯，就是用一根钉子挂在电线杆子上的那种。父亲笑着说，那灯其实不亮，如果逢着阴雨天可就惨了，小弯灯十有八九会受到牵连。他们那会儿就得扛着梯子一盏一盏地修。

那时候，儿子是崇拜父亲的。在儿子的记忆中，父亲总是早出晚归，很少有在家的时候。父亲还拿回家许多奖状。有一年，父亲胸前戴着大红花，被敲锣打鼓的同事们簇拥着走上工具厂舞台，接受了表彰。儿子那会儿便有了接父亲的班当路灯管理者的理想。儿子觉得那是无上光荣的事。父亲最终虽没有当上领导，但一直很受人尊敬，人缘很好。儿子初始接班时很是沾了些光，无论和谁提起父亲，对方一准充满敬意。可也许父亲就是个闲不住的人，退休后居然还是不忘老本行。

问题的关键是，如果父亲只是对那些路灯感到新奇倒也罢了，实际上他却是往小本本上记，有机会与儿子吃饭时就追问上几句。父亲追问的都是路灯价格，这就让儿子越发不自在了。

那天父亲问儿子："金水路的不锈钢无缝铁杆才矗立几天，怎么就换成喷塑铁杆了？我看那玩意儿便宜不了，是你的决策？"

儿子吃饭的手一下子停了下来："那叫路转景移，或者说步移景换。"儿子半天才接上父亲的话茬，额头上却渐渐有汗沁出。

"什么意思呢？"父亲却并不明白，"有的路还没街灯呢，怎么不见换？"

儿子只好停下手中的筷子："就是一路一个景观，一路一个特色，是为了迎接沙雕节准备的。到时候外宾的车会从金水路经过，是为了城市亮化布局。虽然在经济上蒙受一些损失，但总体上还是老百姓受益。"

父亲拧了下眉毛："即使老百姓受益也不能这么个胡干法，简直是拿钱打水漂玩儿。城市的脸面固然重要，可你们是路灯管理部门，你们应该和市政府据理力争，拿出权威性的意见。"

儿子不由苦笑了："胳膊能拧过大腿？我是干什么的？"

"这次换灯，你不会收了什么人好处吧？"父亲又追问起儿子。

儿子的脸成了猪肝色："怎么可能呢？都是班子的决策，再说儿子也不是那样的人啊！"

"我也是担心啊！没有就好，没有就好。"父亲释然了。

打那一天起，儿子通过关系给父亲联系钓鱼，或者串通几个老朋友上门约他打牌或者玩麻将，但父亲就是不感兴趣，依然每天遛大街看灯。

父亲和母亲唠叨说，他一天不看那些路灯心里就不得劲儿。哪条街有了桥上灯、布角灯、高杆灯、草坪灯等,父亲心里都有数。哪条街道上的路灯不亮了,父亲也会打电话让儿子及时派人修理。

这年入夏,城市的标志性建筑——建市纪念塔突然被拆掉了。过了些时日,居然由一杆直通云霄的高杆螺旋灯代替。建市纪念塔没了,有市民就写信给报社,反映政府决策部门纯粹是胡闹,不仅缺乏文物保护意识,而且代替的灯也明显与城市景观不符,显得不伦不类。一时间,大街小巷议论纷纷。

那一阵,父亲也打过儿子的电话,但儿子总推托自己忙。

一天晚上,父亲强行把儿子叫回了家里,问儿子高杆螺旋灯更换是谁出的主意。

儿子沉默,很久才抬起头来:"你别乱掺和行不行? 时代不同了,你让我怎么和你说呢?"

父亲意味深长地看着儿子:"傻孩子,时代再不同,人的良心不能有变化。听说,那灯造价二百多万元。你拍拍胸脯问自己,值那么多吗?"

儿子还想争辩什么,但父亲止住了他:"人人心里都有盏灯,你的灯亮在哪里? 出故障了吗?"

一席话把儿子问得哑口无言。

若有所失

杨光洲

不大不小,他是个领导。

当然,那是一年前的事了。半个月前,已经退休的他坐在心理诊所,诉说着自己的苦恼。

"退休以后我很不适应,总觉得少了点什么。"他找不到合适的语句,憋了半天才说出这么一句。

"少了点什么呢? 能不能说具体点?"心理医生问。

"具体? 也说不清楚究竟少了什么。嗯……反正,总觉得空虚……比方说吧,我在位时有专车,可现在就没有了——当然,我也不在乎有没有专车。"

"不在乎就好。公车是公家的,是用于工作的,谁在那个岗位工作就给谁用。专车又不是你个人的,只不过公家给你用而已,你本来就没车,所以也不存在失去车的问题。你说是不是?"

"是啊,这个道理我当然懂。可我还是觉得少了点什么。比方说,过去我有财权,单位里不管谁要报销发票,都得找我签字。可现在,没人找我签字了——当然,那个时候我对签字这事也很烦。"

"你签字报销支付的是公款,是给公家办事的花费。那钱又不是你的,你只是履行审核、批准的手续,这算什么权? 退休以后,你只是不再履行这个手续而已,你失去了什么呢?"

"还有,过去我有人事权。我是一把手,可以在班子会上提名提拔对象,签发任命文件。现在,我没了人事权,也没人围着我转了。"

"你提名提拔对象也只是行使建议权,提拔谁如果由你一个人说了算,你还需要向班子提名吗? 提拔干部有一套严格的程序,得实行民主集中制,任何领导个人都不拥有对干部的使用权,干部也不是某个领导个人的家奴。你签发文件也只是公布一下提拔结果。这样看来,你本来就没有什么人事权,又怎么会失去人事权呢?"

"这个道理我懂。可是,我还是觉得少了点什么。比方说,过去,我常常忙于开会。开会时,上级讲话我鼓掌,我讲话时下级鼓掌。可现在,我再也不能和众人共聚一堂开会了,再也不能和众人一起鼓掌了,更不能欣赏众人对我鼓掌了。"

"你为什么给上级鼓掌呢?"

"这是一种礼貌,也是一种态度。大家都鼓掌,我怎么好不鼓掌呢?"

"大多数情况下这只是一种虚伪的应付。"

"也可以这么说。"

"那么,你虚伪地应付上级,又怎能保证你的下级鼓掌不是在应付你呢?"

"哦……嗯……很有可能是这样,我以前怎么没想到呢? 你说得有些道理!"

"所以,你现在不开会,真的并没有失去什么。"

"我退下来以后失去很多朋友。以前逢年过节到家里送礼的朋友很多。可现在,门可罗雀!"

"他们为什么要给你送礼呢?"

"还不是想让我帮忙办事呗!"

"他们是提着礼物来与你做交易的。你能给他们办事时他们来送礼,你退下来后不能给他们办事了,他们就不来看望你。他们是你真正的朋友吗?"

"他们不够朋友!"

"所以,他们本来就不是你的朋友,你也没有失去朋友。"

"还有……你是医生,得替我保密!你答应了我再说……"

"放心,我不仅是医生,而且是心理医生,不尊重患者的心理隐私还怎么干这一行?"

"我以前的情人,是我一手培养、提拔起来的。她说,我给了她政治生命,给了她前途,给了她幸福,她永远也不离开我。可是,我一退下来,她就把房间的锁换了,我手中的钥匙再也打不开她的门了,打电话她也不接,见了我形同路人!我伤心呀,她怎么这么绝情!"

"这不是绝情,而是本来就没有感情。你用什么培养、提拔她?只不过是以权谋私罢了。她得你的恩惠,难道没让你在生理上、心理上得到满足吗?这只是一笔交易,所谓感情,只是你的错觉而已。"

"你说得有道理。可我还是觉得好像失去了什么……"

"回去好好想吧,你说的那些东西你本来就不曾真正拥有,你什么也没失去。"听完医生的话,他不大情愿地离开了诊所。

半个月后,心理医生无意中在精神病医院见到了他。他时而痛哭,时而狂叫:"没了!什么都没了!我失去了一切!"

陪着他的老伴向心理医生哭诉:"那些车呀权呀,要是原来就没有该多好。谁骗他说那些是他的了?造孽呀!"

"谁骗了他呢?真是造孽呀!"心理医生说了这么一句,走了。

父亲的魅力

刘立勤

秦刚怎么也没有想到,这次带队负责考核的会是方云南。方云南什么时候到总公司的呢?真的是山不转时水在转呀。早知如此,何必当初呢!看来,这次外派欧洲公司出任分公司经理的事情基本上没有什么希望了。

秦刚忘不了方云南,方云南自然也不会忘记秦刚的父亲。

那时候,秦刚还在故乡的那个小县城上高中,父亲是谁也不关注的纪委副书记。而方云南呢,是他们那个县的外贸局长,聪明能干,左右逢源,县城的居民经常可以在电视里看见方云南的光辉形象。小小的秦刚很是羡慕。

后来的一天,沉寂的父亲终于受到人们的关注。关注的原因是因为沉寂的父亲和风光的外贸局长方云南发生了联系:外贸局的职工把局长方云南告了,当纪委副书记的父亲奉命受理这个案件。

记得父亲后来说,县委某领导之所以让他去查这个案子,是让他蜻蜓点水做做样子。可是方云南太嚣张了,办的许多事情都盖不住脚面。父亲带的专案组建议方云南纠正他们的错误,而他竟然在职工会上大骂专案组的不是,吹嘘自己的能耐。

秦刚知道,父亲是个非常讲原则的人,办这样做做样子的案子本来就十分不情愿。没有想到方云南犯了错误还这么嚣张,父亲和专案组就想给他一点颜色看看。专案组开始了深入调查。一调查,才发现方云南的事情太多了，远不像群众反映的那么简单。父亲知道方云南不是一个好对付的人，就把每一件事情都办成了铁案。

案子调查结束，父亲代表专案组把方云南的事情向县委做了汇报。案子铁板钉钉了，某领导也无话可说。方云南慌了手脚，四处寻找关系向秦刚父亲求情。一向冷落的门庭立马热闹起来，多年没有来往的亲戚来了，断了往来的同学、战友又恢复了联系，还有领导许诺要重用父亲，父亲受到了从未有过的关注。可是，父亲一直没有松口。

父亲没有松口，方云南又托关系找秦刚的母亲，承诺给没有工作的她安排一份好工作。母亲哭呀闹呀的，父亲依然不管不顾。后来，方云南还通过班主任老师找到秦刚，让秦刚去做父亲的工作，老师还许下了让他动心的愿望。秦刚对父亲的作为非常佩服，怎么会去说这样的话呢？他一口回绝了班主任老师。

方云南见软的不行，还采用了反侦查的办法。秦刚知道父亲是个磊落之人，就连工作餐都要回避，能够侦查出什么问题呢？后来，他又威胁父亲，寄恐吓信，砸玻璃，甚至还请人在学校门口找秦刚的事。秦刚的父亲始终没有低头。

方云南终于得到了应有的惩罚，不仅退回所贪污的赃款，而且还坐了牢。秦刚还记得父亲说过，宣判方云南的那一天，不可一世的方云南不仅低下了头，还和他握了手，说了一声"谢谢"。秦刚的父亲说他没有想到方云南会说"谢谢"，从那声"谢谢"里，让父亲感受到了自信和自豪。

从那以后，父亲好像很受关注，县里总爱把一些棘手的案子交给他处理。父亲的原则性更强了，案子总是办得滴水不漏，父亲得到了很好的口碑。遗憾的是，父亲办事也难了，走到哪里都有人和他讲原则。好在父亲没有多少私事，最操心的也就是秦刚的事情。而秦刚呢，根本不用父亲费心，高中毕业考入北京一所著名的大学，大学毕业又考进这个著名的跨国公司。他用父亲赋予他的人格，很快从一个普通职员升到今天的部门经理，而且成为最热门的国外公司经理候选人，他觉得非常自豪。

可是，见了方云南，秦刚不免有些泄气。他不知道方云南什么时候出的狱，又为什么会当上这家公司分管人事的副总。如今，他担心不仅出国的事情渺茫，就连部门经理能否保住都很难确定。这时，他有一点怨恨自己的父亲了，为什么那么固执呢？

就在秦刚暗自叹息的时候，方云南找到他，说："秦刚，我已经和董事长汇报了，准备派你到欧洲公司去。"

秦刚感到很突然，问："为什么会是我呢？"

方云南说："因为你的能力，更因为你父亲的人格魅力。相信你父亲的人格会在你身上得到延续。"

秦刚眼窝一热，说："谢谢方总！"

方云南说："谢谢你父亲吧。也代我谢谢他，真心地谢谢他！"

我只喜欢你的声音

石建希

老公要来。

小玉心里有些乱。虽然从来没有和老公见过面,但是和老公已经很熟悉了,甚至清楚他身上的每一个部位。可是一想到那个声音即将衍化成一具活生生的肉体,小玉心里还是有些慌乱。

小玉和老公是在网上认识的。生活与工作中的不如意毫无保留的倾诉,换来了关系的密切。老公的声音特别动听,像中央台的一个著名主持人。那男人的声音充满磁性,是小玉的偶像。老公说,一切都是偶然。男人信奉的是一切都是偶然。小玉相信一切偶然都是缘分。

想起同事看着自己闪烁的眼神,小玉想,一定要是一个上得台面的男人才行。以前那个男人也是一个这样优秀的擅长哄骗女人开心的人。小玉望着窗前的那盆文竹,端起茶杯往嘴边一凑,才发现茶水已经干了,她赶紧又往里面续上水,喝一口,一大股苦涩差点把嘴巴给涩得张不开了。

小玉觉得自己还是要和他单独地相处几天再带给大家看看。一个人不能在一条河里面淹死两次。

在车站,小玉很自然就认出了老公。老公走过来想拉小玉的手,小玉已经侧身让开一条道来。两人往回走。

来到小玉的住处,老公就拥了上来。小玉一直说,洗洗手,洗洗手。

老公愣了一下，还是进了卫生间。

小玉准备好热茶，等着老公出来。

小玉无法相信身材与那个主持人相去甚远的老公会有和那个人一模一样的声音。老公说："如果不是因为自己小一版的话，也应该是个著名的节目主持人了。"呵呵呵，他的声音依然是那样的好听。

小玉有强烈的倾诉愿望。以前都是在电话里倾诉，现在人就活生生地站在面前。实在讲，她想不通，单位用自己的名义到上面去申请调加工资，拿下来，却再次调整了，少了三百元。要说钱其实也不是什么大不了的问题，可关键是这与道理不合啊。如果工资是出于绩效的话，那也应该是申报前就调整好，也会让自己明白究竟什么地方还有严重的不足。

老公可管不了这些，口里一边唔唔地应着，一边把小玉抱上床去。

等到起伏的热浪平息下来，小玉还在讲着自己的事情，老公开始有条有理地分析起来："看问题不能孤立，比如，有时候一只蝴蝶翅膀的扇动会引发地球那边的海啸；有时候一个喷嚏可以把人的腰杆闪断，甚至就连一颗原子弹也无法达到那样的效果。"

收拾了一下，两人就出去找地方吃饭。老公对各种菜系和名菜都有了解，可是就是不会做。

吃饭的时候，小玉痛快地宣泄着自己的想法。老公微笑着喝酒，以前他好像提过自己不能多喝酒。小玉没有在意，那样一点点酒也不应该有问题。

两人拥着往回走，刚走到小玉的住处。老公说："你的那些污水全倒在我缸里，连我也被污染了。人都喜欢污染别人，不喜欢别人来污染自己哦。"

两人就呵呵地笑了起来。笑着笑着，老公突然眉头一皱，叫了一声"痛"，身体就往下斜。

小玉一愣："真是醉了，喝不得就少喝一点嘛。"

老公脸上的汗珠就大滴大滴地往下掉。

小玉从开心的云端跌了下来，把老公送到了医院。在医院草草看过，老公的叫唤声也低了一些。难道还要自己侍候这样一个男人？你身体矮小点不要紧,但是不要这样禁不起折腾啊。

临出门的时候,医生叫住了小玉:"你老公这个症状好像有些胰腺发炎的感觉,大油大肉、大烟大酒的生活可不行啊。"

小玉问:"那这个病严重吗?"

"这个病说严重就严重,急性发作会有生命危险,自己注意着也没有大问题。他今天喝酒了你要多注意一点。"

老公说:"呵呵,没有的事情。"

回到屋里,睡到半夜,老公突然又叫唤起来,看那个状况比刚才还来得凶猛。小玉心里有些慌。要是一个男人在自己这里出了事情怎么办? 一个大家从来没有见过的那人在自己这里出了事情,别人会怎么看?

小玉想,我喜欢你的声音,可是我不喜欢你现在这个样子啊!

越想心里越急,小玉还是又把老公扶下去了。临到医院的时候,老公就不怎么叫唤了,小玉开始还以为是有所好转,可是再认真看看,好像是有些昏迷的样子了。

小玉怕了,怎么办?

可是只要进了医院自己就无法脱身了,医院会登记自己的姓名,那样的话一切可就全变了。需要用多少钱? 假如医治不好,今后自己还怎么去找男朋友? 这不是要把自己的生活给毁了吗? 天下那样多的男女怎么就只有自己遇上这样倒霉的事情?

小玉把老公半拥半背地弄到医院的停车场,放在那里。她想也许很快就有人来看见他,会把他送进医院。哪怕真的出了问题,也不能怪自己。因为,自己只是喜欢他的声音,而且今天是第一次见面。

小玉对自己说:"是的,我就是喜欢你的声音,而已。"

走出停车场,夜风凛冽。也怪,在这样的春夜里面怎么会有这样大的风?

长寿秘诀

刘万里

梦城的乞丐很多,《梦城晚报》记者齐天乐想拍一组反映乞丐生活的照片。

其实,齐天乐早就注意到那条步行街上的老乞丐。他头发雪白,身形似弓,但精神状态非常好,偶尔唱几句《天门谣》,声音洪亮,如果仅从声音判断,你根本不会想到他是一个老人。

齐天乐在远处偷偷支好照相机,注意着老人的一举一动。

天黑时分,老人的破碗里装满了零钱,老人点了点,笑了笑,他准备收摊。

齐天乐跟着老人左拐右拐,穿过一条小巷。老人最后在一条破巷里停住了,他轻轻推开门。齐天乐这时才注意到这小巷又臭又脏,原来是梦城的贫民窟。

"有人吗?"齐天乐推开门,院子里摆满了各种破烂,散发着一股腐朽味。

"你找谁?"老人推开门,打量着齐天乐。

齐天乐说:"我是记者,想了解一下你们生活的情况。"

老人说:"我们有啥可了解的? 我们忙得很,你回吧。"

又一个老者跟了出来,说:"想采访我们,要给出场费。"

齐天乐笑了:"出场费?"

老者说:"一个小时一百元,不贵吧。"

齐天乐想了想,说:"行,不过要有问必答。"

"没问题。"

齐天乐跟着老人来到破屋,屋里灯光昏黄,还有两个老人。齐天乐问:"你们这是?"老人说:"我们是四世同堂,我给你介绍一下,我也不知道我叫啥名字,人们都叫我万年秋,今年一百八十岁,你也叫我万年秋吧。"他指着那胖一点儿的老人说:"他是我儿子,今年一百五十岁,你就叫他千秋岁。"他指着瘦一点儿的老人说:"他是我孙子,今年一百二十五岁,人们都叫他寿南山。"他指着高个子老人说:"他是我重孙子,今年刚好一百岁,人们都叫他瑞鹤仙。"

齐天乐张大嘴巴,半天都合不拢:"我没听错吧?"

万年秋说:"我说的都是真的。"

齐天乐说:"你们的长寿秘诀是啥?"

万年秋说:"不抽烟不喝酒,多运动。"

齐天乐说:"你们家里只有你们四人?"

千秋岁说:"是的,只剩下我们四个老人了。"

齐天乐说:"你们是如何生活的?"

千秋岁说:"我们靠乞讨和捡破烂。"

齐天乐为发现长寿家庭兴奋不已,这么好的新闻明天一定会上头版头条,他让四个老人坐在一起拍了几张照片。

采访完毕,刚好一个小时,齐天乐掏出一百元递给万年秋,瑞鹤仙从万年秋手中夺过,对着灯光照了照,说:"我看看是不是真的,上次一个人出手大方给了我一百元,我连给他磕了几个响头,回家后一看钱是假的。"

齐天乐说:"你放心,钱绝对是真的。"

瑞鹤仙仔细看了半天,说:"好像是真的。"

第二天,《梦城晚报》报道了长寿家庭的事情,接着其他媒体也纷纷转载。万年秋一家顿时成了名人,市民也纷纷上门讨教长寿秘诀,万年秋总是哈哈一笑:"没啥秘诀,多运动。"

一日,一个自称是应天长保健公司的经理找上门来,他说:"我们想请你做我们公司的形象代言人,只要你对着镜头说'我们都是喝了应天长口服液,所以才长命百岁。喝了应天长,身体棒,吃饭香,要想身体好,就要喝应天长',我们可以给你们十万,怎么样?"

瑞鹤仙问:"真的吗?"

"只要你照着我们台词说,一分不少。"

瑞鹤仙说:"好啊,现在就可以签合同。"

万年秋说:"慢,等我们考虑好了再答复你。"

那人递给万年秋一张名片,说:"想好了,给我打电话。"

那人走后,瑞鹤仙埋怨道:"到手的钱,却不要。"

万年秋说:"别急,再等等。"

第二天,又一家叫长生乐保健公司的经理找上门来,他们给的代言费是十五万。应天长保健公司不甘落后,又增加五万,出价二十万。经过比较,最后他们跟应天长保健公司签了合同。

不久,电视上播放了万年秋一家四个老人做的广告。

广告播放的第二天,万年秋死了。接着千秋岁、寿南山也死了。

齐天乐觉得奇怪,广告一播他们就死了,难道保健公司的口服液有问题?

齐天乐就去采访长寿家庭的最后一个老人瑞鹤仙。

瑞鹤仙说:"我现在是名人了,不能随随便便接受采访,要出场费。"

齐天乐掏出一百元,说:"我给你一百元,可以吧。"

瑞鹤仙说:"现在物价都在上涨,这点钱还算钱吗?"

齐天乐又掏出一百元。

瑞鹤仙说:"看在老朋友份儿上,有啥问题尽管问,我忙得很。"

齐天乐说:"为什么你们做了代言人后,你的祖爷、爷爷、父亲都死了,是不是他们产品有问题。"

瑞鹤仙说:"他们送的应天长口服液,我们没舍得喝,都便宜卖了。"

齐天乐说:"说实话,你们的长寿秘诀是什么?"

瑞鹤仙说:"我们没有退休工资,也没养老金。梦城是一个讲面子的城市,就连人死了也要讲面子。为了面子,后人要把葬礼办得很隆重很排场,送到火葬场后,各种费用贵得吓人,好多人死后,连一块墓地都买不起。其实,我祖爷早就想死了,但他怕给后人留下负担和债务,他一直坚强活着,所以才能活一百八十岁。我的爷爷千秋岁也是一样,他怕给我父亲留下一屁股债务。我们一直坚强地活着,是因为我们死不起——这就是我们的长寿秘诀。刚好我们挣了一笔广告费,祖爷、爷爷、父亲他们可以放心地去死了。这广告费勉强够他们死后各种费用,如今我却成了穷光蛋,死不成了。我要打破祖爷一百八十岁的纪录……"

齐天乐合上采访本,默默地走了。

恶性 DNA

托如珍

房子还是老房子,只是更破旧了。

娘也还是原来的娘,只是更憔悴了。

学志走进屋。娘在炕上絮被子,秸秆做的盖帘垫在脚下。娘说过,这样,袜子不会沾到棉花,絮的被子平整,人也干净。娘一辈子干净利落,是村里活计最好的女人。

"娘。"学志笑着,一脸的得意。

娘抬起头,用力擦着眼睛,娘的眼睛没有花,看不清楚的是她的心。

"小杂种,你还有脸回来。"二叔骂着进来,后面跟着二婶和村里人,全都怒视着学志。娃娃们在门外用手拍着学志开回来的高级车,警报器哇哇地叫,没有人在意。所有人脸上都挂着为民除害的悲壮。

"回来了,就还是我儿子。"娘从炕上爬下来,夺下二叔手里的木棒,把二叔和后面的队伍轻轻地推出去。

"对不住了。"娘说。

"嫂子,不是为我。"二叔急切着。二婶也急切:"嫂子,不是为他。"

"对不起,二叔。"学志大步追出来。

学志是二叔看着长大的。前些年,学志爹在城里做生意,家里的力气活,全是二叔帮衬着。二婶多病,屋里的活计亏得娘搭把手。娘把二叔当亲兄弟，学志敬二叔如父。

大学毕业那年，学志找不到工作。父亲说，只要学志指证娘有外遇，父亲就让学志到公司当副总，还给他百分之三十的股份。

"爹，你有外遇了吧?"学志心平气和地问父亲。

"我答应。但是，她要像对待亲儿子一样对我。"学志不等父亲回答，做出了决定，速度之快让父亲愣在地上。

母亲和二叔的不正当关系就这样形成了。母亲当场昏死过去。二婶追着学志骂，把他的脸挠得稀烂。二叔手里拿着镐头，被村人拦在胡同里，脸涨成紫色。

继母很快进了门，又很快生下弟弟。学志叫继母"妈"，听着甜，妈也答应得舒心，两相和睦。

"娘不容易。"学志有一天漫不经心地跟爹说。爹眼角也有些潮，想想娘这些年受的苦，有些不忍。

"娘，这是爹让我给你拿回来的。他说对不起你。那个女人已经有了他的孩子，他不敢离开她。"学志递给妈一张存单。

"嫂子，你不能要那畜生的钱。"二叔和二婶走进来。娘低下头，半晌才说:"只要他过得好，当娘的，不图别的。"

只不过半年，学志又回来了。

"娘"，他叫了声，"这回，我接您去城里，咱们再也不分开了，我给您养老。"

继母的儿子聪明漂亮，父亲爱得什么似的，学志怎么看也不像自己家的人。学志安排公司员工体检，顺便和大夫套瓷，偷取了父亲的血样。小弟弟天生顽皮，从他磕碰的伤口弄点什么一点难度都没有。

一对没有血缘关系的父子，可以推断出一对没有合法关系的男女。父亲的案头很快摆上一叠很凉爽的照片。这些穿着凉爽的照片让父亲着实热血沸腾起来。

父亲不管是哪个寄的匿名信，他只关心这些事是不是真的。父亲也去做了鉴定,小儿子和他没有血缘关系的证明击垮了他。

父亲很冲动,给学志写了一份遗嘱,将财产全部给了学志。

"娘,我终于等到这一天了。"学志眼里含着泪。

"这小子,不错,忍辱负重,为你娘报了仇。"二叔挑着大拇哥。他眼里的侄子再次亲切起来。

"父亲想让继母带上孩子走。"学志说,"做男人要有骨气。"

"我这辈子最恨别人瞧不起我,更不能让我儿子瞧不起。"父亲喝了酒的眼,通红。学志有点怕。

"爹把那个女人和她的秘密男人都杀了。"学志对娘说,绘声绘色。

"你爹会被枪毙吧?"娘好半天才问。

"让他去死吧。"二婶说。"他本来就应该不得好死。"二叔也说。

"已经判了。"学志说,淡淡地笑着。

"娘,咱们走吧。公司现在是我一个人的了。我养您的老。"

"你走吧。我怕你要我的命。"

娘把学志推出屋,闩了门,一个人爬上炕,拉床被子盖在头上,抖得像一只受伤的兽。

学志在窗外焦急地叫:"娘。"娘不理他,号啕声隔着被子隔着墙传出来,揪心。

"你走吧。你和你爹一样。你娘不会要你了。"二婶是娘的知己。学志愣住了,他盯着二婶的眼睛,人慢慢没了力气,倚着墙壁滑到地上,说:"我这全是为了我娘。"

踢踏歌

王 洋

皮卡四十岁才得一子。妻杜鹃奶水不足,只得辅以配方奶粉。

儿子每次喝奶粉都手动脚摇、哭天号地。皮卡就在儿子喝奶粉的时候做一些古怪动作,以此让儿子安静下来。这样过了一段时间,儿子看腻了皮卡的那一套古怪动作,小家伙喝奶的时候又不安分了。

有一天,儿子喝奶的时候哭闹,皮卡给儿子跳舞。那天,皮卡穿的是一双旧皮鞋,皮鞋跟儿钉了掌,走起路来咔咔响。皮卡年轻的时候曾经学过踢踏舞,后来因为种种原因荒废了。

皮卡在客厅的一块空地上跳起来,前刷、后刷、单脚跳、重拖步、拖滑步……儿子的眼睛一眨也不眨地盯着皮卡,皮卡跳完了,儿子也喝完了奶。

从那以后,儿子喝奶的时候,皮卡就给儿子跳踢踏舞,客厅成了皮卡的舞台,他脚步不停,舞动不停。杜鹃哼一首歌,皮卡踏着那首歌的节奏跳起来。歌哼完了,皮卡也停下脚步,吃饱了的儿子咧开嘴巴咯咯地笑了。

临近春节的时候,单位里要排演一场联欢晚会,任务下达到各个科室,每个科室要拿出一两个节目。科里的几个员工都比皮卡年龄大,这个任务就落在了皮卡身上,他们说:"你年轻,你上吧。"

单位的联欢晚会上,皮卡在没有任何伴奏的情况下用踢踏舞步奏出一首大家都熟悉的旋律。当皮卡一脸汗水地停下舞步,台下鸦雀无声,过了足足有两分钟才响起雷鸣般的掌声。

皮卡在单位里一下子红了。原来在单位里默默无闻的皮卡,现在只要一走进单位,就有人热情地和他打招呼,就连局长见了他也会说一句:"小伙子,跳得不错。"

皮卡的踢踏舞上报到了市里,经过层层筛选,最终入选市春节联欢晚会节目大名单中,并将在电视中直播。在准备节目的日子里,皮卡待在家里,一门心思练节目。局长还特批了经费给皮卡准备服饰、踢踏舞鞋。

直播晚会的日子到来了,皮卡在杜鹃的叮咛中,在单位员工、局长的期待中登场了。皮卡站在灯光辉煌的舞台上,朝台下深深鞠了一躬,长吸了一口气,开始了他的踢踏歌。

起初,皮卡还有些紧张、生疏,台下一个孩子的啼哭声让皮卡感觉仿佛听到了儿子不愿喝奶的哭闹声,他的舞步开始流畅、协调了,他甚至听见妻子杜鹃在哼一首熟悉的歌谣。杜鹃一手拿奶瓶喂儿子,一边深情地注视着他,脚下的这方舞台成了皮卡家里的客厅。他潇洒自如,流畅优美,节奏似天籁,流淌下来……

当皮卡一身汗水地站在舞台中央时,空气凝固了,直播间里出现短暂的冷场。直到一个长发飘飘的女子把一束鲜花献给皮卡,并拥抱了他的时候,台下的观众才像刚从梦中醒来,潮水般的掌声一波刚落,一波又起。

晚会结束后的很长一段时间里,皮卡沉醉在舞台上那一幕。长发女子的深情拥抱,那一抱,像一个经典场景,在他的梦里一遍遍播放。

儿子哭闹着不喝奶的时候,皮卡跳得有些走神了,不但杜鹃觉察到了,儿子似乎也感觉到了。皮卡突然停止了跳踢踏舞,儿子哭得更厉害了,杜鹃说:"快跳呀,儿子不喝奶了。"皮卡朝杜鹃咆哮了一句:"不想喝就饿他三天。"杜鹃看着丈夫的反常表情,张了张嘴巴,皮卡恼怒地走出家门。

皮卡沿着街道走着,走到沿河边的一处公园里,他看到一个长发飘飘的女子。此女子太像彼女子了,那个在梦里一遍遍重复播放的经典场景又一次重播了。皮卡走向长发女子,伸出双臂,拥抱女子年轻的、洋溢着青春气息的躯体……皮卡走向长发女子的时候没有看见前面有一个凹坑,他的眼前一黑,重重地跌倒了。

皮卡伤好出院后,他的一只脚再也不能跳踢踏舞了,那只脚在行走的时候发出踢踏、踢踏的极不协调的杂音。

鬼　脸

杨海林

　　我们这地方旧属楚地。楚人好巫，好巫则喜鬼。这里的人深信鬼也有愿意帮助他们的，这些鬼就是善鬼。跟善鬼搞好关系，请他们对付恶鬼，不但效果好，还省了人的许多麻烦。

　　要跟善鬼们搞好关系，必得在家中悬挂鬼脸。

　　鬼脸一般用木头做成。没画好之前，下面一个圆脸，上面呢，是一个用来悬挂的柄。这个时候叫素脸。被买回去挂到墙上的，是在素脸上彩绘过的。

　　文化馆的馆长吴大可，就是彩绘的专家。他画的鬼脸，不仔细看，那就是一团锦簇的花朵；细看了，那眉眼，那獠牙，才渐渐清晰起来。

　　给吴大可提供素脸的，是一个合作多年的木匠，叫李子如。李子如的素脸，选用的都是三十年以上的桃木，伐下来，要在药液里煮一个时辰，然后在屋里阴干半个月。这样做成的鬼脸，不干裂，也不会被虫蛀。

　　吴大可画的鬼脸很畅销，李子如的素脸跟不上他用。吴大可知道，李子如的活儿，急是急不来的。所以呢，这么多年来，两人虽然免不了磕磕碰碰，可合作得还算愉快。

　　吴大可这么多年只和李子如合作，私底里，他还有另一层心思。他听说过李子如家里有一个祖传的鬼脸。

这个鬼脸，李家人多少代一直用自己的血液供养，不仅桃木温润如玉，而且面目极其狰狞。李家人刺指饲血的时候，鬼脸会自己伸出舌头来舔。清江浦一直有传说，认为这样的鬼脸已经被养活了。养活了的鬼脸，可以给人治病。不管怎样的疑难杂症，只要被它舔一下，病就可以痊愈。

吴大可一开始不信。直到有一次，吴大可的父亲得了食道癌，李子如提着一个小包去医院看望吴大可的父亲之后，吴大可才转变了看法。那天，李子如一来，就把病房里的其他人撵了出去。那个时候，吴大可的父亲病情危重。后来，李子如什么也没说就走了。从那之后，吴大可父亲的病竟一天天好起来。老父亲说李子如当初来看他的时候，他觉得脖子好像被一个软软的东西碰了一下。

难道李子如真有一个活鬼脸？私底下问李子如，李子如笑而不答。不回答就不问了，吴大可表现得很豁达。两个人仍然是很要好的合作伙伴。

李子如喜欢喝大叶子茶。他的茶叶都是街面上那些挑担子的浙江女子卖的，成色差，价格当然便宜，很适合李子如这种家境不好但有品茶嗜好的人。自从吴大可的父亲病愈后，吴大可就经常给李子如送好茶叶。吴大可说这些茶叶都是买鬼脸的人送给他的。李子如推不过，就收下了。

两年之后，李子如生病了。到医院一查，竟是一种很棘手的病。素脸是做不了啦。吴大可呢，隔三差五的，还是往李子如的病房跑，还给他送茶叶。

有一天，病床上的李子如忽然对儿子说："你撮一点这茶叶，请人化验一下。"儿子问："你怀疑这茶叶有毒？"李子如笑笑："你去化验吧。"

化验的结果很快出来了，就是店里卖的普通茶叶。

吴大可再来，李子如就叹一口气，说："我知道我为什么生这病了，是我的心思太多啦。从你送我第一包茶叶起，我就怀疑你是想得到我的鬼脸。你的茶叶，我一包也没喝，都扔啦。你想想，我天天怀着提防的心思活着，能不累吗？能不生病吗？我家的鬼脸，虽然很神，但它没有传说的那么邪乎。我的祖上是行医的。那个鬼脸传了几代，一直是用中药浸泡的，所以它有治病的功效。每日给它饲血，也是为了增加它的药效。我那次去你父亲的病房,是给他灌了一点用这鬼脸熬过的汤药。"

"那你为什么不用这个鬼脸给自己熬一碗汤药呢?"

"不用啦。那个鬼脸,也不能治所有的病。而且,我想用死亡的方式来赎还这些年对你的猜忌。"

李子如就死了。

死后,他关照自己的儿子,把那个鬼脸送给吴大可。

吴大可抚摸了那个鬼脸半天,叹了口气。在李子如生病之前,他送的茶叶里其实是掺了轻微的毒的。他希望李子如在不知不觉中中毒死去,然后再用自己做的鬼脸替换李子如家的这一个。

李子如生病后,吴大可夜夜梦见那个鬼脸笑着舔他的血。

后来,他也生了病,也住在这家医院。也就是从李子如住院起,他给李子如的茶叶,才是店里卖的那种普通茶叶。

吴大可叹口气,将那个鬼脸从高高的住院大楼上扔了下去。

影　魂

吴卫华

　　冀南的魏起之，出身皮影世家，祖上从事皮影雕镂可追溯到清代，那时皮影正极盛于河北。到了魏起之这一代，已是二十一世纪，皮影早已退出历史大舞台，但被列入国家非物质文化遗产保护名录，连同魏起之也成了受保护的艺人。魏起之雕镂的皮影，实在精绝得夺人心魄。

　　在小城的繁华地带，有魏起之的两间工作室，他雕镂的皮影备受海内外收藏家的青睐，"魏起之工作室"也跟着声名远播。在他的工作室里，本来有一个助手，因为生病辞职了。皮影的制作流程是首先选用上等兽皮，经过刮、磨、洗、刻、着色等二十四道工序，手工雕镂三千多刀才成。如此大的工作量，没有助手的帮助，烦琐的程度是可想而知的，况且魏起之正倾尽心力雕镂一套《水浒人物》。这工作已进行了将近十年，一百单八将就剩下十个人物了。光着手雕镂前的准备工作就花费了一年多时间，虽说就要大功告成，可还有很多工作要做，缺少不得人手，所以魏起之紧急招聘助手，美术院校毕业的优先。

　　广告一贴出去，就有一个长眉细目的女子来到"魏起之工作室"，自称毕业于省美术学院，对这儿的工作很感兴趣，希望能当魏起之的助手。魏起之看了她的毕业证和她带来的一些画作，觉得很满意，就留下了她。

　　女子名叫东方秀，皮肤白皙，身材窈窕，有极好的美术功底。魏起之手把手教东方秀制作皮影，东方秀极其聪明，很快就掌握了所有的工序。魏起之制作皮影前，很重视选料。他亲自去养牛场挑选那些六岁左右、毛色光滑、皮肤无损的黄牛，宰杀后剥出上好的牛皮，再把牛皮炮制、刮削、打磨，制成半透明的皮革，然后才在皮革上绘制旋刻出各种人物的影子。影子雕完，开始敷彩。色彩大多是魏起之采用当地的矿植物做成大红、大绿、杏黄等鲜艳明亮的颜色，给影子上彩后效果异常绚烂。脱水后缝缀，最后装上签子，一件皮影就完整地制作出来了。魏起之为了把一百单八将各自的特色表现出来，都翻烂了两部《水浒传》。他交给东方秀的活儿，一定要按他的要求完成，不能容忍一丝疏忽。雕镂、上彩、缝缀，尤其是在活动关节刻出轮盘式的骨眼，这些重中之重的工序，都是魏起之亲自动手，交给东方秀的活儿也就是刮磨皮革、脱水等。

在魏起之的贮藏室里，有许多牛皮，连魏起之也不清楚在近十年里他用了多少张牛皮。他炮制、刮磨、雕镂它们，皮革的好坏，他的手一摸便知。经过东方秀刮磨出的半透明皮革，柔韧得让他都想捂在心口，他自己都没有刮磨出过这样绝佳的皮革。在这样光滑玉润的皮革上雕镂，简直是种享受。

一百单八将中，只有三个人是女性：母大虫顾大嫂、一丈青扈三娘、母夜叉孙二娘。魏起之浓墨重彩地设计着她们。

在一个阴雨缠绵的下午，东方秀将一张刮磨好的皮革放到工作案上。魏起之正伏在案上用刀细细地雕镂着影子。东方秀说："这张也好了，质感真的不错。"说着俯下身去看魏起之手下正雕镂着的影子。她离魏起之很近，魏起之只觉她吐气如兰，不知怎的身上少有地燥热起来。因为是下雨天，工作室里没有人来，只有魏起之和东方秀。魏起之摸了摸那张皮革，皮革非常透明，柔韧得几乎可以称得上温滑。这么绝佳的品相和质感，连魏起之也是头一次遇到，他真想捂在心口。他心里忽然激动起来，手饥渴似的在那张皮革上摩挲着。东方秀的手按在案子上，连魏起之也不明白他是有意还是无意，反正他竟然摸到了东方秀的手上。东方秀微笑地看着魏起之，神态不拒反迎。魏起之的胆子就大了，将东方秀揽入怀内，双手从后面伸进东方秀的上衣里,在她的背上摩挲着。东方秀的后背是那么细腻温滑,魏起之的第一感觉竟是刚才摩挲那张皮革的感觉。这感觉好奇怪,竟能在这时引起他想在上面雕镂的冲动。

一个美国富商在看了魏起之的皮影后,极是喜欢,用一百万元人民币订购下来,说好等雕镂完三个女人后就取走。

送走美国富商后,东方秀一反往常的温婉,冷冷地问魏起之:"你真的要卖吗?"魏起之觉得她的神情有点反常,顿了下,他说:"我就是靠这手艺吃饭的,我不是一直在卖吗?我不卖它们,去哪里弄钱给你开工资?"东方秀说得有点风马牛不相及了:"那些皮都是上好的。"魏起之回到案边继续他的工作,说:"我选皮向来都选上好的,那些牛都是我亲自相看过的。"东方秀的神情明显郁冷起来:"你在它们身上刻了多少刀?"魏起之头也不抬地说:"每件作品的完成,都不少于三千刀,否则,就不是一件精雕细镂的好作品。"东方秀冷冷地看着魏起之,直到魏起之回身向她要刮磨好的皮革。

东方秀拿给魏起之的就是他想捂在心口的那张,皮革透明得几乎能穿过目光。每件皮影高约一尺,这张皮革刚好够做三个影子。魏起之早已将三个女人的形象了然于胸,画过小样觉得满意了,就开始在皮革上绘制镂刻。

当最后一件作品装上签子,魏起之终于结束了他历时十年的宏大工程。一百单八将各具特色,没有一个类似的,若是绘画,还能比较容易做到各不相同,可这是皮影啊。连魏起之也意识到日后就算再花费十年时间雕镂一套,也绝不会出新了,他的才能已经止于此了。魏起之将皮影全部拿出来,案上、桌上、椅上摆满了,就挂在工作室里,一时整个工作室里,到处都是绚丽得逼人眼目、精致得夺人心魄的皮影。魏起之看着自己的作品,不知怎的竟流下了眼泪。

为了庆祝完工,魏起之买了好些吃的东西,排满了一桌子,又开了一瓶白酒。两人对坐,魏起之不知道东方秀竟然这么能喝,她也不用魏起之让,只管端起来一饮而尽,一杯接一杯,还频频向魏起之照底。魏起之也放开了量喝,两人很快就干完了一瓶;再开一瓶,很快又完了。魏起之不胜酒力,只觉得晕晕乎乎,眼前的景象都要颠倒了。东方秀大概身上燥热,先是脱下了外衣,后来连内衣也脱了,就剩下这胸。魏起之醉眼朦胧地看了一眼东方秀,这一看惊得酒都醒了,踉跄站起,围着东方秀看了一圈:东方秀的前胸后背上赫然贴着母大虫顾大嫂、一丈青扈三娘、母夜叉孙二娘的皮影,色彩绚丽得炫人眼目。魏起之急了,上前用手去揭,抠摸了半天,才发觉是文在身上的。东方秀笑得上气不接下气,眼泪都笑了出来。魏起之含混不清地说:"原来,是,是文在身上的啊,谁把我的作品给你文了上去?"东方秀笑得怪怪的:"是你雕镂上去的啊。"魏起之真的醉了,只说了一句"我只在牛皮上雕",就扑在床上睡死了。

美国富商来提货了,当魏起之打开箱子让他验收时,发现少了三件皮影——顾大嫂、扈三娘、孙二娘不见了,但更怪异的事在后面,那些精美绝伦又极其柔韧的皮影,竟然在阳光下迅速褪去了光艳的色彩,全都晦暗得辨不出颜色,皮影朽糟得像出土文物,手一触碰就成了一片渣渣。

"怎么这样了?!"魏起之骇异得目瞪口呆。这时,东方秀脱去上衣,露出背上逼人眼目的文身。魏起之瞠视良久,只觉心闷气闭,咕咚一声向后栽倒过去。

请记住我

奚同发

那个电话实在太偶然了！

平时夜里手机一直都关闭，偏偏那天忘了关，那个电话就是在那个我没关机的夜晚打进来的。时间真的很晚了，已是凌晨两点多。

电话那头一个男中音："喂！你好！请问你是奚同发吗？"

"是呀。你是？"我半躺着迷迷糊糊地接听。

"请问你认识张耀洁吧？"

"张耀洁？"我重复了一遍，简单地搜寻了记忆，顺嘴说，"不认识。你打错了……"

"稍等下！请问你拿的是你本人的手机吗？"

"是啊！不过我不认识什么张耀洁，你打错了，就这吧……"半夜这种打扰的事以前发生过多次，所以我已习惯性晚间关机。

对方一字一字地说："是'张耀洁'，弓长张，照耀的耀，光洁的洁。"

还是不认识——显然半夜电话来问我认识不认识张耀洁，不是对方的目的。

原来交警在处理一起发生于四个多小时前的车祸，被撞的人送到医院就死了，肇事车辆逃逸。死者的遗物中，紧急联系人是我。

"车祸，人死啦？"一个激灵，几乎全身的汗毛都竖了起来，我整个人瞬间苏醒,坐起来靠在床头,喃喃自语:"让我再想想,叫我再想想。张耀洁……张耀洁……"

把一切与这个名字可能的联系,比如张洁、张丽洁之类几乎都联想到了,最终还是没有张耀洁。对方显然有些失望,说希望我能再想想!

还咋想?确实想不起来。突发事件让我清醒,又被这个名字弄蒙了。

我很快被接往医院。死者是个女孩,年龄并不大。因为撞坏了面部,已看不清脸孔。手机也被轧碎了,手机卡无法找到任何信息。遗物中有一个到处都是血的记录本,经过仔细辨认,首页除了她本人的名字,紧急联系人是我的姓名和手机号。

一点也想不起来,根本没她的点滴记忆。

交警很无奈,看我的目光怪怪的……

你想想,什么事啊?人家一个女孩记得我的联系方式,我却不知道人家是谁。交警一再表示,他们只是想确定死者身份。我却一再表示,真的不认识——似乎说不过去。有时看电视剧里公安审嫌疑人时,让对方想想某年某月某日某时在哪里。我真佩服那些嫌疑人,竟能想得起。如果是我,问上个月的今天在做什么,恐怕也想不起。谁记得那些?

从警察诧异的目光里能读出些什么。看来,如果说不清,我便麻烦了,就可能陷入这个事件,但我确实想不起来她是谁。于是,我被单独安置在一间屋里好好再想想。没自由了?难道自己成了局中的嫌疑人?

天亮时,再次被带到死者身边。警察让我仔细看看,看是否能想起些什么。警察好像已不像先前那么客气。似乎我不说点什么,可能是在故意隐瞒。

真为难,实在没一点印象……

警察道:"你不觉得这事说不通吗?死者唯一的联系方式是你,你却说不认识她,甚至一点联系都想不起。你觉得能说得通吗?"

"是啊!我也觉着说不通,可真想不起来!有啥法子?"

一次次翻阅血液凝固变黑的记录本,突然从边角费力地辨识出很像模糊的"芜苑"二字——我客座教授的一所大学的简称。难道她是那儿的学生，或是？

警察立刻与那所大学联系。不久，信息反馈回来，张耀洁果真是那所大学的学生，也就是说，她是我的学生！

看来，是我曾代过她的课。大学老师上课都是不停地讲，课后便离开学校。再说了，我还是客座，因为写小说有些名气被他们学校客座了去。虽然不少学生喜欢我的小说，常拿了我的书找我签名什么的。可我代的是大课，一般三四百学生一起上课。除了极个别的学生，其他的怎么可能记得谁跟谁的名字？难怪记不得她！

我终于可以离开了！身后却传来俩交警的嘀咕："一个老师怎么就记不得自己的学生？人家还那么看重他，把他列为紧急联系人……"

事后，那个死去的学生血肉模糊的样子不断出现在我梦里。有几次，她不断地追问我："老师，您怎么就不记得我？以后一定可要记住我……"

哪有以后，她死了！

多少个日子后，我再次被类似的梦魇惊醒。我觉得太对不起学生的信任，应该向这个死去的张耀洁表示我的愧疚……

以后每每换了新生，我都坚持让班长给我抄一份全部学生的名单，并且把每人的联系方式都一一记下。不少同学为此甚是纳闷，我却一直这样做下去，为的就是不让自己再后悔！

等于结婚

许 锋

我是个有板有眼的人,但我并不老板着脸。有时我也爱开肥瘦兼顾的玩笑。

我跟菁菁开玩笑,说到房子。菁菁说她家的房子小,鸽子笼似的。我说小了好啊,冬天挤在一起热火,又刨根问底,问她小到什么程度? 她说,进门就上床。

一男一女说到"上床",便有些暧昧了。

但男女若不上床,在男女关系上搞廉洁,肯定成不了一家子。为了能方便上床,男人和女人就需要一套房子;为了搞到一套房子,除了牺牲(包括生命、身体),干什么都无所谓。

菁菁在民航系统工作。我在铁路系统工作。

她单位有一位女同事,老公是外单位的。单位分房子首先照顾双职工,双职工分完了才考虑单职工,但双职工很多,单职工根本没指望。俩人当即离婚了。女同志带着孩子从男方家搬进了办公室,祥林嫂似的在领导面前晃悠,时时凄凄惨惨地叹气。熬了几个月,领导不忍,给她分了房子。没多久,有人见女同志和前夫,以及与前夫生的孩子在逛街,刚开始还避人耳目,后来同进同出、双宿双飞。

还有一对儿,是双职工,根据政策能分上房子,迟早的事。但这一对儿想要两套！好好的俩人，闹得不可开交、势不两立。骂，骂得够损，上辈人什么的，骂；祖坟什么的，也骂。打，打得腮帮子流血（搞不好是红墨水）。直闹得满城风雨。终于，离了。女同志带着孩子过，男同志自个儿过。真不容易。根据规定，单位给他们每人分了一套房子，当然，都不大。但出人意料的是俩人分的房子在一座楼上，还是楼上楼下。这怎么办呢？仇人哪，天天见面怎么行？后来，有人夜间从猫眼儿看见男同志上楼，也看见女同志下楼，鬼鬼祟祟的，肯定是偷情。一想，不对啊，人家原本是一家子，有感情基础，算不得，算不得。再往后，白天孩子也蹦蹦跳跳地楼上楼下跑，人家住上了"复式"。

还有，一位女同志和一位现役军官结婚了。俩人的婚宴很隆重，很体面，大家都去了——领导也去了，主要负责同志还当了证婚人。军婚受保护，在分房子这事儿上，不算肥水外流，俩人享受双职工的权益，就分上了房子。但敏感的人发现，自从举办婚礼之后，就再也没见过这位女同志的老公——那位军官。倒是那位军官的"丈母娘"，即女同志的母亲，带着军官的小姨子即女同志的妹妹常住。搞不清是怎么回事。

都是十几年前的事了。

有一天看报纸，菁菁说："你看，这一对儿，前脚刚领了结婚证，给他们发证的人喜糖含在嘴里还没化呢，后脚进来就说离婚。"

再看报纸，菁菁又说："还有一对儿，办了婚宴，宴请了亲友，像模像样地被人闹了洞房，但后来俩人不在一起过了。那就是离婚了？不是，才不是呢，人家就没和男的领结婚证。"

"还有——哦，这个是二奶。二奶说：'结婚证？没，但我有他的孩子。'"

菁菁总爱看小道消息，还总爱打听和婚姻、房子有关的小道消息。

在城里，我和菁菁像白开水一样保持着朋友的关系。她有她的天地，她家的房子再适合上床，我也没上过。飞机倒是常坐，呼啦飞走了，呼啦飞来了。有时碰巧她值班，就情人似的接我一下。我一般都不给她带什么土特产。火车她偶尔也坐，尤其是动车组开通之后，她体验过好几回。遇上我不值班,就陪她坐。动车组把我俩带到人生地不熟的地方,我们就可劲地转。到了晚上,得住宿。一人一间太奢侈,两人一间太暧昧。思忖再三,钱的面子比人的面子大——只好进一间房,一人一张床。

菁菁在床上蚂蚱似的跳几下,快乐地说:"可比我家大多了,我家要是有这么大,我就心满意足了。"

我睡不着。一个男人和一个女人,身体好好的,要是不干点啥,对不起造物主。菁菁却郑重地提醒我:"你的房子也不大,好好享受床。"

其实我没房子,所谓的房子就是一间单身宿舍。单身时住单身宿舍,结婚后还住单身宿舍。床是简易的木头床,一个人睡上面,翻身都咯吱咯吱地响;睡两个人,要是再晃悠晃悠,满楼余音。汉子们也不客气,有时刚晃悠两声,捶门:"哥们儿,加油!"再晃悠两声,又拍门:"好兄弟!"妻子不乐意了,羞,第二天觉得没脸见人。但厂里没房子,要房子的人排到十年后了。

我对菁菁说我有房子,比她的大,进门可回旋,不用马上上床。菁菁眼睛一亮:"哪天去你家!"

菁菁的单位有房子。上面说的那几位,都不折不扣地搞到了房子。菁菁要是献了青春献肉身,一定能搞到房子,可她不想。只有等。等到当上干部,有了级别,房子就来了。但女同志要想在男人堆里出人头地,非常不容易。

一晚上,我们睡得非常香。

菁菁伸了个大大的懒腰,狐狸一样长长地叫了大约四十秒钟。我也伸了个大大的懒腰,黑猫似的呜呜了半天。相视一笑,颇有些天涯沦落人的默契。

平时还是她在民航,我在铁路。她动不动天上飞,我动不动地上跑。有时她飞得快,有时我跑得急。

那天,我中了彩票。真的中了彩票。二百万。真的二百万。什么概念?在城里能买两套房子。我谁也没告诉。我真的谁也没告诉,包括妻子。这年头,横财一不留神就会变成横祸。我不动声色地买了两套房子。

　　我们站在宽大的客厅里,菁菁傻呆呆地眨巴眼睛:"你准备包二奶啦?""哈哈哈,"我大笑,"那你准备当二奶?"菁菁眼睛都直了:"你要我当二奶?"

　　"干脆,你离婚,我也离婚,咱俩结婚!"

　　"有这么大的房子,还离婚,发昏!"

　　我们俩发昏一般地拥抱在一起。

　　"赶明儿,我女儿叫你干爹,你儿子叫我干妈。"

　　"干"是"干"点儿,等于结婚了。

　　"长大后,包办,让他俩结婚。咱俩就更亲了。"

　　比起老一辈为房子精神受的罪、肉体受的伤,我俩都感觉到了前所未有的幸福。

　　我们对未来充满无限的憧憬。

妄想症

杨崇德

患者在老婆和女儿一而再、再而三的恳求下,才勉强答应去东方脑科医院。他们在东风路口等了十多分钟,才等来一辆的士。女儿跑上前去叫住了司机,老婆则挽着患者的手,打开车门,想让患者坐进去。

患者说:"怎么只有一辆车?"

老婆说:"这又怎么了? 三个人坐一辆车,刚好,不超载的。"

患者没搭理老婆。这时候,又过来两辆空的士。患者急忙向那两辆空的士招了招手。三辆的士排成了一条线。

患者将女儿推进第一辆的士,帮她关上门,然后低着头对里面的司机说:"你负责开道引路,注意,正道上一定要鸣喇叭。"

里面的的士司机莫名其妙地说:"鸣什么喇叭?"

患者指了指他女儿说:"你不用多问,听她的就是了。"

患者走回去,把老婆安排到最后一辆的士上。老婆说:"你这是干什么?"

患者警告她说:"不要多嘴好吗? 否则,我就不去了。我还有其他的事,我很忙呢。"

老婆只好用忧伤的眼神瞪了一眼患者。

患者甩着手,站在中间那辆的士左边。司机说:"你进来吧,门没有锁。"

患者背着手躬着腰对里面那位司机瞧了一眼,见是个五十多岁的老司机,就说:"老同志呀,你会不会给领导开车啊?"

老司机被问得一头雾水,他说:"这是怎么了?"

后面的士车上的老婆见患者还没坐进去,下了车奔过去,帮患者打开司机后面那扇车门,将患者扶了进去。老婆堆着笑脸跟那位老司机说:"不好意思,不好意思。"说完,她又跑到女儿坐的那辆车前,跟司机说:"可以开车了,东方脑科医院。"

三辆的士屁股一甩一甩地向东方脑科医院奔去。

车子开动不到两分钟,患者就掏出手机,他拨通了一个同事的电话,他大声说:"马兵呀,我现在去医院视察,你告诉王局长,现在工作任务很重,你要他把工作抓紧点。"患者还想说什么,那个叫马兵的同事已经挂断了电话。患者很生气,他说:"怎么一下子没声音了呢,太不像话了,中国移动应该好好抓一抓!"于是患者又拨通了10086。他对里面的人说:"刚才我听了一个电话,一下子就断了,太不像话了。你告诉你们局长,明天下午到我办公室来一趟!"

这时,患者发现前面那辆的士没有鸣喇叭。他迅速拨通了女儿的电话,说:"怎么搞的?都走到大街了,怎么还不鸣喇叭?"女儿对旁边的司机说:"师傅,不好意思,请你按一下喇叭。"司机惊讶地望了一眼这位少女,说:"前面没有车,后面没有车,按什么喇叭?"

女儿说:"叫你按,你就按吧。"

司机说:"不行的,这条路禁止鸣喇叭。"路旁正好有个禁止鸣喇叭的标志。司机指着那块标志牌说:"你看看,这里不能鸣喇叭的。"

女儿说:"师傅,就算我求你了,你就按吧,如果交警罚款,我出钱。"

司机按了一声喇叭。

患者又拨通了女儿的电话,说:"这哪像什么开道引路?本来应该是鸣警笛的,你那里按一下就没声音了。如果再这样,我就下车。告诉你,我工作很忙。"给患者开车的那位老司机把头往后侧了一下,想看一眼患者。患者说:"老同志呀,给领导开车可不能分神哟。"司机听了,更加莫名其妙。

前面那辆的士在女儿的恳求下,一路鸣着喇叭开到了东方脑科医院。

患者下了车,不说一句话,扬长而去。患者走了将近百米远,老司机才想起他没收车费。正准备熄火开门,患者老婆跑过来了,她帮患者付了车费。

女儿很快就帮患者挂了一个专家号。老婆和女儿企图扶患者上楼,患者很不高兴地说:"有什么好扶的? 你们两个,左边陪一个,右边陪一个,不准超前。"

患者来得正巧,专家门诊没一个病人。三位穿白大褂的男医生正坐在里面说话。患者大摇大摆走进去,一边招着手说:"大家好,大家辛苦了!"一边与医生一一握手。三位医生表现得个个受宠若惊。

患者对年纪较大的那位医生说:"你应该是这里的负责人吧,叫什么名字?"

年纪较大的那位医生说:"是的,我叫马应明,你是——"

患者有点不高兴了,他严肃地说:"我是谁,你不知道吗?"

老婆和女儿企图走上前去,被患者制止了。患者转过身,对她们说:"你们两个先出去一下,我有点事想问问他们,不会耽误你们看病的。"说完,患者把门关上。

患者说:"你们郝院长今天值班吗? 我过来的时候,没有通知他。"

几位医生相互望了望。一位医生说:"郝院长去省城了。"

患者又说:"何小青副院长呢?"

几个医生又相互望了望。年纪大的那位医生一边吩咐另一位医生倒茶,一边解释说:"何副院长回老家探亲去了。"

患者说:"怎么不跟市政府办公室请个假呢? 我说过好几次了,单位副职以上的领导干部离开单位,必须跟市政府办公室请个假,也好让我知道呀!"

患者接过医生端给他的那杯茶,然后掏出手机,他拨通了市文化局一个同学的电话。他说:"是刘文斌吗? 张局长他们这几天在干什么? 这几天我听人反映,市里又有那么几家夜总会在搞涉黄动作了。你告诉老张,给我盯

紧点,否则,我撤了他的职!"市文化局的那个同学一听这个电话,就知道他是谁,那同学把头摇了摇,说:"这个刘必升呀,也太猖狂了,一个星期一个电话。虽然他很早就当了市卫生局副局长,可他现在把自己当成什么人了,简直是管文教卫的副市长了,真是莫名其妙!"

患者喝了一口茶,对三位医生说:"你们医院有什么要求,需要市政府解决的,可以向我提出来。"

三位医生一个个摇着头。

患者站起身,说:"现在你们带我去其他部门看一看吧,中餐就不用准备了,我还要去教育局看一看,过几天就要开学了。"

年纪较大的那位医生领着患者去了儿科。患者走进去,抱住一个受伤的儿童,用脸亲了亲,亲得那个儿童哇哇大哭。接着,患者又来到外科病室,他揭开了一位病人的被子,用手压了病人那条水肿的腿,然后将被子盖上,安慰病人一定要好好养病。患者又来到妇科病室。不明真相的医生将他带到一位卵巢囊肿的病人床前,患者问了一句那位少妇"月经是否正常",问得病人脸色绯红……

没多久,患者身后就跟随了一大帮穿白大褂的医生。患者大摇大摆地走出了医院。

跟在后面的患者老婆急了,她拉着最后一位神经科的医生说:"你们今天是怎么了? 他是来看病的。"

那位医生大吃一惊,说:"他来看病? 他是市里一位领导呀,他哪里有病?"

患者老婆小声地说:"他是我丈夫,确实是一位领导,但官职不大,卫生局副局长。可是他好像已经把自己当成管文教卫的副市长了。"

那位医生说:"是吗? 什么时候变成这样的?"

患者老婆说:"自从他把我家那一对祖传五代的青花瓷送给市长后,就慢慢变成这样了。"

那位医生想了想,过了好久才说:"可能是妄想症吧!"

李老师的猫

徐常愉

　　李老师退休在家闲来无事,养了一只猫。那猫一身乌黑的皮毛,偏偏在眼圈、尾巴尖各有一撮白毛点缀,看上去滑稽而可爱。再加上猫生性顽皮,又依恋主人,李老师对它喜爱有加,取名为"爱爱"。

　　李老师的小外孙家住城里,放暑假来住姥爷家,开学回去没几天打电话来说:"姥爷,我想爱爱。"李老师心疼外孙,急忙应道:"等着,姥爷有时间把爱爱给你送去。"小外孙乐了,还在电话里亲了姥爷一口。

　　第二天早晨,李老师就把爱爱装进一个纸箱,拎着纸箱上了开往城里的客车。不过十多公里的路程,二十分钟就到了。李老师下车直奔女儿家,没想到吃了个"闭门羹",这才想起今天是星期五,女儿女婿都上班,小外孙也要上学。也怪自己事先没打个电话,本想给小外孙一个惊喜的,没想到计划落空了。李老师想给女儿打个电话,又觉不妥,怕耽误女儿工作,反正自己也没事,就等等吧。女儿他们中午是要回来吃午饭的。

　　李老师早晨走得急,没吃好早饭,他看见小区门口有炸油条的摊位,就拎着纸箱走过去,想再吃一口。刚出小区门口,李老师迎面碰见一个小伙儿,小伙儿盯了李老师一眼突然兴奋地大喊:"李老师!"李老师吓得一哆嗦。小伙儿见状急忙自我介绍:"李老师,我是邢大可啊,你还教过我政治呢。"李老师这才想起来了,这个邢大可是当年有名的调皮鬼,除了学习不行,其他什么都行,吸烟、喝酒、打架斗殴,没想到如今也出落成一表人才。李老师关切地问邢大可:"现在做什么工作?"邢大可指了指街对面一家酒楼——"艳阳居":"我开的!"李老师拍拍邢大可的肩膀:"不错啊,当老板了。"邢大可很谦虚,说:"马马虎虎。"说着拉住李老师的手,"李老师,到我酒楼去,咱俩喝两杯。"李老师急忙推辞,可邢大可拉住李老师的手不放,李老师看学生一片盛情,再推辞也不妥,便拎着纸箱跟着邢大可进了酒楼。

酒楼里装修得很豪华,李老师看花了眼,嘴里不停地啧啧称赞。邢大可要拉李老师进包房,李老师说:"大厅好,亮堂。"邢大可不好再勉强,便陪李老师在大厅拣了个清静的角落坐下来,然后吩咐服务员上了四道酒楼的招牌菜和一瓶本地特酿。两个人喝起来,边喝边唠当年邢大可的调皮事,笑声一阵连着一阵。

两个人正喝得高兴,突然墙角纸箱里的小猫爱爱"噌"地蹿了出来,以迅雷不及掩耳之势逮住了对面墙角的一只大老鼠,然后大摇大摆地叼着吱吱叫的老鼠回到李老师的身边。李老师被这突然发生的事情惊呆了,邢大可反应快,他伸手就去抓爱爱,爱爱怎会让陌生人抓,一闪身冲出老远,不小心让嘴里叼着的老鼠挣脱了。爱爱一跃身,又把老鼠逮住了。这下惊动了邻桌的客人,客人"哎呀"一声惊叫:"这是什么酒楼,怎么还有老鼠,卫生这么差!"邢大可一看,急忙过去赔礼道歉,可是客人不依不饶。邢大可说:"这样吧,这一桌算我请客,给大家道歉。"这样一说,客人才算作罢。邢大可刚要转身,旁边两桌的客人也不干了,也跟邢大可要说法。邢大可说:"好好好,都算我请客。"

待邢大可安抚好客人回来时,李老师已经把爱爱捉回了纸箱。李老师如坐针毡,满脸愧疚,不知如何是好。邢大可瞅了一眼纸箱,冲着李老师挤出一脸的笑来,连说:"没事没事,咱们接着喝。"可是气氛已经遭到了严重的破坏,酒怎么也喝不下去了,两个人草草地收了场。李老师起身告别,拎起纸箱出了酒楼。刚出门口,一辆白色的面包车停在门口,车上印着四个大字:卫生监督。邢大可急忙迎了上去,李老师满脸愧疚地走了出来。

李老师找了个僻静处，打开纸箱，拎出爱爱，伸手就是一巴掌，小爱爱"嗷"一声惨叫着挣脱李老师的手逃走了。李老师就追，可李老师哪追得上爱爱，爱爱三蹿两跳没影了。李老师气得把手里的纸箱狠劲掼在了地上。

李老师在原地等了一会儿，不见爱爱回来，又气又心疼，心想自己这样的心情去女儿家，反而给女儿一家带去不高兴。李老师一跺脚直奔汽车站，坐上了回家的客车。

李老师到家后觉得心里难受，老伴见他气色不好，也没敢多问。晚饭，李老师喝了二两白酒，早早就睡下了。半夜里，李老师听见窗外有动静，用手电筒一晃，见是爱爱回来了。李老师又惊又喜，开门把爱爱放了进来。小爱爱见了李老师，像犯了错误的孩子，低眉顺眼，一声不吭，李老师一见，心中的气早消了，心疼得眼泪差点掉下来。

第二天，小外孙又打电话来要李老师送猫去。李老师耐心地给小外孙解释："这农家的猫不懂事，进城是要闯祸的，你要是想爱爱，等放假来姥爷家跟爱爱玩吧。"

时　空

展　静

最近,年近四十的大王似乎心理出现了问题,或者说是精神出了问题。比如,自己熟悉的生活了几十年的街道突然有点儿陌生起来,有了陌生感;而到了一个新城市,那街道似乎什么时候到过一样,有点儿熟悉感。比如,看似很熟悉的人猛地一见面却叫不出名字来,嘴里说着"你好你好",心里却很尴尬;而三十年前小学同学的名字却偶然会蹦出来。再比如,梦中的情人或者说过去的相好,在梦中出现以后,过几天,在现实生活中就会出现,碰到;而现实生活中的爱妻,确确实实的爱妻,却很少到梦中,一二十年都不到梦中。前一阵,爱妻偶然到了梦中,却是白天吵架的回放。

大王想,这可能就是所谓"大脑时空扭曲"。大王想来想去,可能根子在一个女人身上。

初中时,大王旁边坐了一位女同学,长相不是最漂亮的,成绩不算最好的,但整个人有一种吸引人的魅力,一种女人少有的沉着平静的魅力。初中的男女同学喜欢喊喊叫叫,唱唱跳跳,但她总是双手斜插在上衣口袋里,平静沉着地看着他们,有时嘴角咧着笑一下。大王看着她那沉着平静的双眼和脸庞,心里也会变安静。大王确信,只有他才能深刻感受到体会到这种魅力。

其实也没什么,大王就是对她有好感。女人天生敏感,对大王也有好感。男女之事是互相的。两人心理上的波段和生理上的频率合拍了，对上了，在默默地交流。两人从对方的眼神和身体发出的信息，知道双方互有好感。

两人只是有好感而已，并没有深交的意思，这也许是性格使然，也许是年龄、前途、事业、社会、家庭等等太多的束缚，不允许他们深交。初中三年，以后考高中，大王考上一个高中，她考上另一个高中，两人被命运分开了。以后，大王在路上和她碰到过两三次，点点头，简短地说几句话，或笑一下，双方觉得关系更深了一层。这更增加了一份惆怅和思念。大王有几次在想象中和她交谈。这种断断续续的交谈有越谈越深之意。他相信，她也会在想象中和他交谈。再以后，她考上了一个外地大学，大王在本地上大学。十几年过去了，两人中间见过几次。

梦到她以后，他和她在路上碰到了。这是几年后第一次碰到，两人一震。他就约她去喝茶。两人坐在茶馆，慢慢品茗，清淡而有味的茶，长喝不腻。她还是那样沉着平静，双眸像无涟漪的湖水，清澈又安静，只是眼神深处有风霜雨浪的痕迹。他和她就简单交流了诸如工作、家庭、孩子之类的日常琐事。双方都知道，两人家庭都很好，都很幸福。

但是双方都清楚，这二十多年，双方都没有忘记对方，而且思念随着年龄增长，越来越深。也不知为什么，少男少女种下的种子，在无形中慢慢发芽、成长，已经长得很高很大了。两人都觉得心理上离不了对方。但两人不愿深谈，只是泛泛而谈，也许两人怕失去这种淡而有味的清香和韵致。仅十几二十分钟，因两人有事，就分手了。走时，双方也没互留电话号码。只是说再见，再见，总是要再见的，不管是在现实还是在想象中。

看着她离去的背影，大王心里倏忽飘过一丝想法，也许这二十多年来根本就是自己的一种想象，是自己的一种心理时空扭曲……

老师的那本诗集

欧阳明

校庆那天，很意外地见到了候鸟。

说来很意外，不是因为候鸟没资格被邀请——候鸟有几十亿的身家，是母校最引以为豪的角色，自然比我这个穷作家更有资格。

意外的，是候鸟居然会来！母校远隔千里，候鸟日理万机，哪可能来呢？毕业后的许多次同学会，他都没参加。

"是不是发达了，看不起我们这帮穷鬼了！"大家曾电话质问他。

"不是，真的太忙！大家要是来北京，我一定好好招待！"候鸟解释说。

候鸟大学时经常逃课，东奔西跑，所以大家叫他"候鸟"。"家里穷，得去挣点钱，不然我就只有辍学！"候鸟那时这样说，不知道是真是假。

毕业后，候鸟被分配到偏远的老家教书。不到一年，他就不顾父母的劝阻，辞职下海，从此和同学们失去了联系。大家后来再得知他消息时，他已是国内知名企业的老总了，经常在各大媒体上抛头露面。

校庆那天，候鸟是下午五点多赶到的。

"怎么突然有空了？"我问候鸟。

"还是忙！晚饭后就必须返回。"候鸟一脸认真，不像是开玩笑。

"来了立马又要走？这么远，何必呢？"我说。

"主要是来看一个人！"

"谁？"

"肖老师。"

"肖老师？！"我感到很吃惊。

肖老师是我们的写作老师，也是个诗人，所以对爱好文学尤其是喜欢诗歌的学生很器重。当时我爱好诗歌，他经常夸我诗歌写得好，还向他熟悉的编辑推荐我的作品。毕业后，他也一直对我很关注。

可候鸟对文学毫无兴趣，肖老师对他应该不会有很深的印象。这么多年，肖老师对我提起班上很多同学，却从没提到过候鸟。

"肖老师会来一起吃晚饭吗？"候鸟问我。

"来！下午座谈会时我和他见过一面。他现在正在授课。"

"授课？他该退休了吧？"

"退了，可学校非要他留下来。他说自己除了授课也没其他爱好，也好。"

"哦——"候鸟一脸开心的笑容。

晚饭的时候，肖老师来了。他依次叫大家的名字，没一个叫错的，可到了候鸟，却突然卡了壳。

"你是……你是……"肖老师反复打量着候鸟。"侯一冰。"候鸟见状，赶忙自报家门。

"侯一冰？"肖老师愣了好一会儿，才说，"想起来了，就是那个经常逃课的！听说，你现在是班里最牛的啊！"

"就是挣了点钱，哪像你们——著书立说，传道授业，世人敬仰！"候鸟调侃道。

席间，大家一一给肖老师敬酒，轮到候鸟，他突然问大家："知道我为什么要来拜望肖老师吗？"

大家直摇头。

"肖老师，还记得离校时你给了我一本你的诗集吗？你叫我带给你的同学——我们县的宣传部长。"

"给他了吗?"肖老师问。

"回去就给了。"

"你当时工作安排得怎么样?"

"很差。一个很偏远的乡中学。"候鸟笑着说。

"哦……"肖老师的脸色忽然黯淡下来。

"我这辈子最感激的人就是肖老师!"候鸟接着说。

"教书是我的职责,不存在什么感激啊!"肖老师谦逊地一笑。

候鸟说:"前不久,那个宣传部长——他早退休了——来北京,把你那本诗集给了我,说他很后悔当时没看那本诗集。"

"为什么?"肖老师和我们都急切想知道候鸟卖的是什么关子。

"肖老师在书里夹了封信,叫他的同学关照我。虽然那封信阴差阳错没起到作用,但确实令我感动! 所以,收到学校的邀请函,我就决定不管多忙,都要来当面感谢肖老师!"候鸟说完,深深地给肖老师鞠了一躬,眼里竟有了些泪花。

"我一个教书匠,也只能做到那样,尽管不知道有没有用。"肖老师淡淡一笑。

我突然想起,肖老师当时也给了我一本诗集,但我当时并没有交给他的学生——一个副县长。由于那些诗我在校时就读过,也就没去翻那本书。

校庆结束后,我回去找到了那本诗集,里面果然也有一封信,内容竟和候鸟说的完全一样!

一个名叫苏林的人

谢大立

苏林想，那辆车要不是为了避他是不会翻到山下去的。车不翻，那个无辜的司机就不会被轧断手脚。苏林就认定，是他酿成了灾难。没了手脚的人往后怎么活哟！苏林为这事揪心得不得了。

苏林决定到医院去看看司机。司机有个很可爱的女儿，还有一个身体不是太好的妻子，一家人靠他开面包车的收入生活。司机在医院里住了几天，就花光了家里的全部积蓄。这是苏林从电视里看到的消息。

苏林到医院看司机当然不只是看看，他决定给司机一笔钱。电视里播报这种事情为的是募捐。但苏林不想把钱交到电视台——少了，他拿不出手；多了，人们会在他的身上脸上贴很多的问号，那些问号会给他造成很多的麻烦。

司机挂着吊瓶，躺在病床上睡着了。一个瘦弱的女人坐在床边，神情疲惫。女人是司机的妻子？正想着，护士来了。苏林就当着护士的面拿出钱，说明是捐给司机的。司机的妻子对他下跪，要他留名，说他们日后有钱了好还他。他说不用，一点心意。离开病房时，女人追着他说："好人啊，好人必有好报！"

一千元钱送出去了，还是觉得微不足道。晚上他让妻子把不穿的衣服找出来，第二天送到了医院。是给那个给他下跪的女人的。已经是春天了，女人上身还穿着一件军大衣，里面只穿着衬衣；下身是一条男人的运动裤，一看就是城里人扶贫的东西。

司机正在嚼女人喂给他的食物，目光移到苏林的脸上时怔了一下，随即挪开。苏林说："能吃点东西就好！"女人赶忙放下手中的碗对司机说："昨天送给咱们一千元钱的就是这位大哥。大哥请坐。"司机的目光又在移到苏林的脸上时一怔，随即挪开。苏林把手中的包裹递给女人说："你们家离这里远，来回不方便。找了几件我老婆的衣服给你送来。"女人又是腿一弯，跪在了苏林的面前。苏林扶起女人，不知所措，看一眼碗里的饭说："多给他吃点有营养的东西……"

女人欲言又止。苏林知道女人要说什么，还知道女人为什么没说。第二天中午，他在有名的"吃肉不如喝汤"饭馆买了一罐鸡汤，再次来到了医院。司机的目光仍然是在移到他的脸上时怔了一下，随即挪开。女人说："大哥，谢谢你又来看我们。"苏林说："不要这么说，回家顺道，给你们送点鸡汤来。"女人仍要给他下跪，但他有准备，拦住了女人。

女人接过他手中的鸡汤罐子。他谈了一通汤对骨伤病人的好处，正要离去，司机说话了："谢谢您，苏林大哥，您的大恩大德我们只有来生报答了。"苏林眼皮发酸，他怕自己的泪会止不住流出来，头一扭走出了病房，叹了口气在心里说："要真有来生，我也得好好报答你……"

突然，苏林心里一咯噔："司机怎么知道我叫苏林？是不是他已经知道了导致他翻车的那个人正是我这个叫苏林的人？很可能是！他的目光也在说：'我们并不陌生，你躲我我躲你时我们照过面……'"苏林就决定来个痛快的，把事情说开，负该负的责任……次日，苏林买了一兜水果，再次来到了司机的病房。司机眼睛睁得很大，一见他就泪珠滚滚，抽泣着说："苏林大哥，你干吗要对我这么好？你要我帮你干什么，你尽管说。"苏林也止不住泪流满面："不是我要你帮我办什么，是我要帮你办点什么来让我的心里好受些……"

女人站在一旁，眼神里写着疑惑：这两个男人好像有什么瓜葛。苏林的话回答了女人的疑惑:"是因为我,你才翻到山坡下去的。如果不是为了躲我,你的车翻不了,你也不会是今天这样⋯⋯你也知道是个叫苏林的人导致你落到今天这步田地的,可是你什么也不说,什么也没有说⋯⋯"

司机的泪不停地流,他说:"苏林大哥,请你帮我打下110。""好!"他说着,把拨通了的电话凑到司机的耳边。女人大叫一声"不要",夺过了手机。司机就对苏林说:"大哥,这个警我要不报,我死了都不会安心的。不是你导致我翻车的,我是受人指使要杀你,那个要杀你的人,是亚亚公司的老总,他事先给了我五万元钱,要我制造车祸压死香格里拉小区一个叫苏林的人⋯⋯是上天不让我杀好人,我今天的下场是我应得的惩罚⋯⋯"

亚亚公司?他突然想起小区里另一个叫苏林的人,那是名记者。同时也想起车祸的惊险场面:他骑着电瓶车是溜边走的,面包车向他冲来时,没地方让了,他才向左往马路中间拐,面包车也往左急拐,他以为车是让他,失衡翻下了山坡⋯⋯原来,面包车的左拐是缘于对一个叫苏林的人的追杀。

大个子陈

韦如辉

我一米七五,小曼一米五七。小曼和我一块上街,一高一矮,一大一小。我步子大,即便迈着碎步,也让小曼紧赶慢赶气喘吁吁香汗淋漓。小曼常常娇气十足地喊:"姐,慢点儿,等我。"

单位有位写散文诗始终没能成名的浪漫男人,十分抒情地对我们俩说:"你和陆小曼啊,就是一棵树上的两片叶子,风一吹就哗啦啦响。"

我们不知道他这话是褒是贬,反正没有好脸给他看。但有一点我们基本认同:我和小曼是两片形影不离的叶子。

难得有机会去一次上海。和小曼约好了,晚上逛南京路,去外滩拍夜景。吃过晚饭,我们便急匆匆地请假,坐公交,转地铁,好不容易才赶到灯火璀璨的步行街,小曼一头扎进第一百货商场。我说:"小曼,回来再逛商场?"小曼告诉我:"上海的商场九点钟关门,先逛商场后逛街吧。"在商场里,小曼不看别的,专往皮鞋专柜跑,而且开口就是一句话:"有四十八码的皮鞋吗?"营业员职业性地微笑而后职业性地摇摇头。偌大的上海,竟然没有一个小女子想要的东西。结果,小曼要的鞋没买成,我们逛街的兴致减去了百分之七十。

回来后的一些日子,我跟小曼生闷气。第一次,小曼叫我到都市经典喝茶,我借故没去。第二次,小曼告诉我鸿业酒店换了新厨师,我仍借故没去。

第三次,她说给我相中一款新围巾。小曼的语气里除了娇气,还有更多的无奈和可怜。我磨磨叽叽,让她白等两个钟头。

跟小曼怄气有两点原因:一是她扫了我们游上海外滩的兴致;二是我再三问她给谁买皮鞋那么全神贯注、专心致志?这死丫头,打死都不说。我隐隐觉得,她陆小曼拿我当外人了,我何必热脸贴她的凉屁股呢?

天说变就变了,秋天悄然而至,树上的叶子开始陆陆续续地飘落。小曼神经兮兮地趴在我办公桌前,脸颊绯红地说:"姐,我处了个男朋友,今晚见面,帮我把把关好吗?"

那一刻,我心中荡漾着一种别样的温暖——小曼没拿我当外人。小曼和我都已到了谈婚论嫁的年龄,爱情的甜蜜也该让我们亲自尝尝了。我欣然应允。

小曼的约会地点选在都市经典518房间。我们推门进去,迷离的灯光下站着一个高大的男孩。男孩似乎与小曼很熟,桌子上两杯冲好的咖啡芳香宜人。

小曼跟男孩说:"这是我姐,比亲姐还亲的姐。"小曼的介绍有点儿做作。

男孩一口就叫出了我的名字。之前小曼肯定跟他说起过我——着重说起过我。男孩自我介绍:"姓陈,耳东陈。"男孩无拘无束谈笑风生,从他跷起的二郎腿下,我发现一只如船样的鞋。

我恍然记得,那鞋该是四十八码的吧。

小曼第二天就迫不及待地问我:"怎么样?"我不阴不阳地回答她:"好啊,这么帅气的男孩哪儿找去!"

小曼得意扬扬地走了,宽大的办公室里还留着她高跟鞋敲击地板砖的余音。我心想,好个屁!一高一矮,一大一小,不般配。我真的替小曼的痴情担心,这样的爱情怎会有好的结局?

有一次,我故意问小曼:"你的那个大个子陈多高?"小曼脱口而出:"一米八八啊。""穿四十八码皮鞋?"小曼脸色渐红,微微点点头。突然,小曼眼放金光,像哥伦布发现了新大陆:"姐,你刚才说什么?大个子陈?你怎么想起这个词？太天才了！我今后就叫他大个子陈了。"

小曼是被爱情的美酒冲晕了头脑，即使是一个字一句话，也能让她如痴如醉、欣喜若狂。

次年春，我被单位派到某高校深造，一去就是一年。开始，小曼给我打电话发信息上网聊天，三句话不离她的大个子陈。后来，我跟班里一个南方的小伙子频频约会，渐渐与小曼的联系越来越少。

学业有成，又收获爱情，当我信心满满地跨进单位大门时，那个写散文诗的男人告诉我："陆小曼住院了。"我急切地问："为什么？"他没有直接回答，只轻轻一声叹息。

小曼服毒，自杀未遂。

攥住病床上小曼冰冷苍白的手，我的眼泪实在不争气。我泣不成声："小曼，傻啊，真傻啊。"

大个子陈抱着满怀的康乃馨进来，四十八码的皮鞋无力地支撑着他高大的身躯。我如一头疯狂的野兽，狂风暴雨般将他骂得狗血喷头。

我多次试图劝回小曼，迷途知返回头是岸吧，可是小曼死心塌地，仍然痴迷她的那个大个子陈。

小曼终于与大个子陈走进婚姻的殿堂。参加完小曼的婚礼，我也十分顺利地调去南方。

再一年春，我邀请小曼参加我的婚礼。在火车站，我提前去接小曼。出站口，在如蚁的人流中，小曼摇着树叶似的手深情呼唤着："姐，我在这儿。"

小曼推着轮椅，上面坐着微笑的大个子陈。

我猛然发现，这样的他们才算是一般高。

热 闹

金长宝

"哎,你快看,那么多人围在那儿干什么呢?"

"我哪知道,你自己看去!"

"那我们快去看啊!"

"有什么好看的? 无聊死了!"

"那么多人围在那儿,肯定发生了什么事情。"

"你就是爱看热闹!"

"爱看热闹怎么了? 不看热闹,干吗要来逛街! 快快快!"妻子使劲地拉着我的手。等我们走到跟前的时候,人聚得更多了。妻子踮起脚尖,可是什么也看不到,她急得又是蹦又是跳,恨不得踩到我的肩膀上。

我想找个人问问,到底大家都在看什么,可是旁边没有一个人理我,大家都在伸头探脑地拼命往里挤。我拽了拽妻子说:"没有什么好看的,走吧!"

"你没看到大家都这么急着往里挤吗? 肯定有什么事情!"妻子坚定地说,说完还将手里的几个大包塞进了我的手里。

我说:"今天陪你逛街我已经够累的了,咱们还是快点回去吧!"

"你不记得了吗? 上一次咱们也是这么挤的,最后不是抢夺了一件削价的好衣服吗?"妻子以教育我的口气对我说。

我也反唇相讥:"那一次你怎么不记得了呢?你也是这么挤呀挤啊,最后身后突然冒出一个要收费的耍猴人。人家在耍猴呢,谁围在那儿就要收钱,咱不是白白给了人家十块钱,可咱连那猴屁股也没看到啊!"

"今天可不同了,你没看到有这么多人吗?"

"可是我什么也没有看到啊!"

"挤啊挤啊!"妻子一边说一边使劲往里挤。

"要看你看,我不看,我要走了。"说完我就要转身离开,可是我这才发现,我已经被拥挤上来的人群给包围了。人们拼命地往里挤,有人按住我的肩膀,有人拿胳膊肘子抵着我,还有人暗地里使劲地踩我的脚……我大声地朝妻子喊道:"看热闹,看你看的好热闹……看得我们都出不去了!"

妻子没有理我,还是一个劲儿地往里挤。我发火了:"快点走!再不走,我快撑不住了,我要被挤成肉饼了。"妻子依旧没有理我。两边的人挤得越来越紧了,我受到挤压越来越痛苦了。

终于,我忍无可忍。我干脆放下手中的东西,我要命令她立刻离开这个地方。

我拽着妻子的衣服往外拖,还好妻子被我拉了过来。她恶狠狠地盯着我说:"干什么?我都快看到了。"

"快走,不然我被挤死了。"

"要走你走!"妻子并没有被我的怒气所吓倒。她向来如此。

一想起平常什么事情都要听她的指挥,我就气不打一处来!"走不走?"我大声地吼道。

"吵什么吵?再吵我跟你翻脸。"真的没有想到,她居然这么说。

我一把拽过妻子:"你越来越不像话了!你简直把我……要不是你,我……"我还没有说完,就发现妻子已经被我推倒在地上。

她艰难地从地上爬起来,我发现她的眼睛红了,就跟发了疯的斗牛一样。然后,她使劲地拽着我的衣服,跟我厮打起来。我也不示弱,使劲地抓住她的两只手,尽量不让她攻击我。这一招很管用,她无法朝我进攻。

可我太小看她了,她提起腿就踢向我……

周围的人被我和妻子的阵势吓倒了,纷纷往后退。我意识到这真的太坏了。怎么可以在公共场合和妻子打架呢?我松了手,可妻子却没有一点停的意思。

我想我得离开这儿,可周围已经里三层外三层地将我们包围了,就像看热闹似的。最后,妻子也停了下来。直到我们完全安静了下来,人们这才渐渐地散去。

他们一边走一边说:"唉,挤了老半天,有什么好看的,不就是小夫妻俩吵架吗?无聊死了。"

放　蛊

张国平

是个好天气，空气里弥漫着淡淡的花香，春天的气息已经很浓了。

宋一歌咬碎了牙，决定跟甘佳彻底摊牌。儿子宋多在宋一歌的提议下送到了外婆家，这是他预先安排好的，儿子不在才能谈及这个沉重的话题。

陈依依已怀有宋一歌的骨肉，他做了最大努力都没说服她，陈依依坚持要生下孩子。这个恶毒的女人，宋一歌曾几次冒出干掉她的念头，却不敢实施。不是出于爱，而是畏惧。陈依依神通广大，跟市委一把手有很深的纠葛，何况她抓住了宋一歌的把柄，只要她嘴一歪，宋一歌的大好前程便会灰飞烟灭。

宋一歌好后悔，后悔不该在那个醉酒的夜晚做错了事，不然也不至于被动到如此狼狈的境地。宋一歌事后也猜想到了，那是他们的圈套，顶头上司是想借机将陈依依甩给自己。但猜到了又能怎样？已上了贼船，就只好一抹黑走到底。

三十几岁已混到了副县级，虽然是老一手下鞍前马后的秘书，但那可是个万人向往的角色，只要老一高兴，宋一歌县太爷的宝座便随时可得。老一私下跟宋一歌谈过，老一说正在考虑让他下去锻炼的事，叮嘱宋一歌这段时间要谨小慎微，不要让他失望。

宋一歌不傻，老一的话外之音他已心领神会。

可是,跟甘佳分手是比刀割还痛心的话题,毕竟甘佳对自己、对父母、对孩子付出太多太多了,让宋一歌如何启齿?

宋一歌更舍不得儿子,宋多因出生时难产,损伤了大脑,成了智障儿,让宋一歌又怎么能放得下?

前途与家庭,命运与道德,宋一歌在人生的十字路口一再犹豫,等到不能再等,他只能忍痛割爱,横下心选择了前者。

虽然痛苦,但当他将决定吞吞吐吐说出来的时候,甘佳的反应却远远出乎宋一歌的意料。哭闹,摔砸,甚至割腕跳楼的场景都曾在脑子里一一闪过,宋一歌做好了跪地苦求的准备,可是甘佳并没有给他这个机会。甘佳的无声却更如一把钝刀,一点点割裂宋一歌的心。

"我有难言之隐,难言之隐啊。"宋一歌将头垂得很低,很低。

"别说了,你别说了。"甘佳打断了宋一歌的话,身体瘫软在沙发上,用一面洁白的毛巾捂住了自己的脸。

泪水仍泉涌而出,一点点洇湿了那方洁白的毛巾。

"甘佳,甘佳。"宋一歌跪在沙发前,伸手去揭甘佳脸上的毛巾。

甘佳伸臂拦截了宋一歌的手,哽咽着说:"让我冷静一下,你让我冷静一下。"

宋一歌愣愣地跪在地上,更不知所措。这时两只小鸟在嫩芽初绿的树枝上奋力鸣叫,那声音是熟悉的,宋一歌知道那是两只子归鸟。

应该说陈依依也是爱他的,但毕竟掺杂了太多太多的东西,那不是纯粹的爱,跟她在一起再难感受到这种纯真的幸福了。

陈依依的脸和老一的脸在眼前反复叠加,宋一歌的心在撕裂的痛苦中又开始摇摆。他感到自己仿佛一只布偶,被命运的大手无情地玩弄。宋一歌不敢再往下想。

许久,甘佳缓缓地揭开毛巾,抹去满脸的泪水,软绵绵地说:"陪我喝杯酒吧,你整天忙于应酬,很久没陪我喝酒了。"

宋一歌忙起身去取酒,被甘佳阻止了。甘佳说:"以后再没机会给你斟酒了,还是我来吧。"

甘佳喝了一杯又一杯,宋一歌想劝,又不知该怎么说,只得闷闷地饮。可是,平时醇香的酒此刻却如此苦涩,旋了一圈儿又一圈儿,堵在宋一歌喉咙里难以下咽。

甘佳渐渐有些醉了,苦笑着说:"写个字你猜猜吧。"

宋一歌哪还有心思猜字,但此景此情之下不好驳她,只得硬着头皮说:"你写吧。"

甘佳朝指尖上洒了些酒,先写了一个"虫"字,再加一个"皿"字底,用指尖画了一个圆圈儿,问:"加起来读什么?"

字当然不陌生。"你觉得我受人蛊惑了?"宋一歌用眼光询问甘佳。

甘佳说:"给你讲一个我祖籍老家苗家人的风俗吧。苗家女人每当男人出门,都会让他们喝一种毒酒。毒药是用最毒的虫子制成的。将多条毒虫放进器皿,最后幸存下来的虫子便是最毒的虫王。苗家女人用虫王制成毒药,让男人出门前吃下,剧毒的药性会定期发作,而且只有自己的女人才有解药。男人如有花心而忘了返家,必将毙命。此风俗便叫放蛊。"

宋一歌听完,额头上已布满汗粒,愣愣地望着面前的酒杯。

甘佳含泪大笑,笑完了说:"你放心,我讲的只是湘西老家一个风俗,我不会放蛊,酒里没有毒。"

"那你……那你为什么要给我讲这些?"宋一歌牙齿磕碰,已语无伦次。

甘佳长长地叹息,紧闭双目仰头挺在沙发里。然而,无声的泪水仍顽强挤过眼帘,一滴滴落满了她的脸。

甘佳默默地摸出手机说:"多多,你爸爸要出远门,很久很久才能回来。你对爸爸说句话好吗?"

甘佳将手机伸到宋一歌的耳朵上,里面便传来儿子宋多结结巴巴的声音:"爸爸,爸爸,你早点儿……早点儿回家。"

"儿子,我的儿子。"宋一歌抓紧电话,再也控制不住夺眶而出的泪水和冲腔而出的哽咽。

宋一歌双手颤抖,手机从掌中滑落。

斗 鱼

晓 立

"小伙子,这河里有条大的。我的钩太小,你来试试吧。"老人跟他说这些的时候,他扛个鱼竿袋刚到河边。

他不太相信,心想唬人呢,嘴上却问:"是吗,在哪儿?"

老人指了指前边不远的大河湾:"就那儿。"他望了一眼,知道这几年河里没出过大鱼,连小鱼也让人整得差不多了。但看老人黝黑的脸上,那浑浊而友善的老眼,他半信半疑。

"跟我来吧。"老人说着,就拿起一把小手竿,拔腿走在有些泥泞的小道上,发出"呼哧呼哧"的声响。

穿过柳林,钻过两棵山丁子树,好大一片河滩就撞在眼前。

"估摸这鱼相当大,把我的钩弄断了——你得用海竿,上大钩啊。"说完,老人又"呼哧呼哧"地走到一侧,钓他的小鱼了。

正是丰水期,滔滔的河水到这儿转了个牛轭子弯,又一头扎向下游。宽宽的水流稳健,透着雄浑,估计这片水域至少也有三四米深,很可能藏有大家伙。很快,他展开了海竿,分别换上了大钩。"嗵,嗵,嗵,嗵",四只重铅砣纷纷沉入水底,挂上铃铛,四把竿就一字排定了。

这时,他忽然感到一种莫名的紧张,甚至想到"吉凶未卜"四个字。

雨后的阳光泻在大河两岸,给绿色的灌木丛以勃勃的生机。他也拿起一把手竿，一边听着海竿的动静，一边在附近垂钓，以排解心中的焦躁。一两个小时过去了，他只收获了一些小鱼崽儿。又一两个小时过去了，海竿上的铃铛跟哑巴似的。他开始怀疑老人是不是看走了眼，或者有什么企图。他忍不住逐个绕上鱼线，仔细检查了一遍鱼饵。

当夕阳洒红之时，他做了最后决定：收竿回府！

恰在这时，"咣啷咣啷"，清脆的铃声让他一惊！

他迟疑了一下，接着一个箭步冲过去，准确地抓住第二把海竿，一抖——哇，好重！

"上了，上了！"老人也喊。

他的心跳立马加快，站在沙滩上稳稳地拉住竿柄，一手借着鱼拉动的力量缓缓放线。凭感觉，这是一条好大的鱼，它肯定知道自己危在旦夕，企图逃脱。

"不要硬拉，遛它，遛它呀！"老人边喊边"呼哧呼哧"又奔过来。

海竿扬在手上，他感到拉力在加大，耳边分明听见鱼线在"嘎嘎"作响，仿佛随时就会断掉。他感觉大鱼在左右奔突，打算摆脱控制。过了足有二十分钟吧，拉力似乎渐渐小了些，大鱼也许累了，他才开始慢慢收线，绕几下停一停，手抖得厉害。

老人也忙得不亦乐乎，一会儿喊叫，一会儿上手的。他却不理会，心想："用不着你瞎吵吵，我还不知道咋弄？"他用眼扫了下老人，"哼——这可是我钓上来的，你不会也想分一半吧？"

火红的夕阳躲到山后，鸟儿回窝那"叽叽喳喳"的鸣叫让他心烦意乱，心情愈加沉重复杂。

此时，大鱼的力量渐渐在减小，离岸边也越来越近了。很快，大鱼黑黝黝的背都隐约可见了，并伴有"轰隆轰隆"的打水声。

他用力拉紧线，心说："你跟我斗，哼，看谁狠！"

老人也拉着线，紧嚷："好家伙！慢点，慢点！别让它跑了！"

鱼快到岸边，挣扎得愈烈，"轰隆轰隆"的水声近于恐怖。他徐徐拉线，在鱼离岸还有一两米的时机,一用力,一团黑色涌上岸来!

真是难得一见的大鱼,一蹦二尺高,灵如舞者!

他扔下海竿,一下冲上去准备抓住它。哪知,大鱼不停地蹦,让他心虚得无法下手。眼看又要蹦回水里,他全身扑上去,可惜只抓了一手黏黏的东西。老人也上去欲抓,却被脚下的树根子绊了个跟头——鱼又回到了水里!

"你别添乱了,老东西!"他大喊一声,又抓起地上的海竿——好在鱼是带着线走的,还没脱钩。

他在岸上又紧紧拉住海竿,大鱼还在死命向深水用力。老人一拍脑袋,拿起了身边的抄网,"扑通"就下到水里。

"看准了再抄!"这回,他知道没有老人的配合,这大家伙很难制伏。

鱼还在水里翻着水花。老人看准了鱼影,用力一抄——空了,再抄——又空了! 与此同时,他也感觉到鱼线竟是松松的了。水里,大鱼没了踪影。再看鱼钩,只有半个鱼嘴在动,仿佛一种嘲笑。

一切恢复平静,唯有心。

"白瞎了,白瞎了!"老人直嚷。

他扔掉海竿,一屁股把沙滩砸出个坑。看着黄昏中消失的老者,心说:"还好,该着……"而后,顿感周身相当轻松。

大画家

陈 武

　　大画家王绿溪好吃,每请必到,每到必大吃大喝,每大吃过后,必害胃痛。就算没有朋友故交请吃,他自己也必弄几个小菜,吃碗黄酒,解了馋瘾,方可在画案前铺纸研墨,挥毫设色。

　　关于王绿溪好吃,有几个段子最为著名。其一是,绍兴朋友来访,赠送他十包芡实桂花糖。老伴对他知根知底,只留一包给他。他晚上吃了以后不过瘾,又潜入房间,偷了三包出来,一口气吃了,结果害得夜里胀胃,痛了一宿。其二是,常熟朋友给他送来一蒲包阳澄湖大闸蟹,老伴知道他是吃蟹能手,特意多煮了几只,但他嫌不足,趁老伴不注意,又抓几只扔在锅里。结果,他一下午什么事没干,拿出蟹八件,敲敲打打,硬是把三十只蟹给吃光了。至于他早上喜吃油条豆浆,那就更不是什么秘密了——老伴怕他多吃,每次买了早点回来,都要叮嘱一句:"就五根啊,你四根,我一根。"他嘴上哼哼着,一把抓过油条,双手齐下,一条一条撕了,往嘴里揉——其实并没有人跟他抢食。

　　更有意思的是,王大画家吃过油条,也不洗手,嘴里一边动,一边就踱进画室,抓过一张红星宣,拖过笔,便开始作画。自然,无论他画什么,照例都被弄脏了——油手印布满画的各个角落。大画家毕竟是大画家,高明的是,他都能恰如其分地在脏的地方,画只麻雀或别的飞禽,有时是一两朵小花,但识货人还是一眼就能看出来，那是添补过的，目的是遮"脏"。

话说王大画家晚年结交一位知名篆刻家，名叫陈一凡，年岁虽然六十有八，但也比王大画家年轻了近二十岁，所以一口一个"老师"叫得甜，还给王大画家免费刻了两套画印加几块闲章共十四枚，条件是换画三张。王大画家历来不是小气之人，也不多说，朝画案前一站，就要作画。陈一凡立即叫暂停，端了盆，打来半盆清水，请王大画家净手——怕弄脏了画。如此三个上午，三幅精致的花鸟作品完成了。王大画家看陈一凡孝心重，答应再为他画两张。陈一凡高兴啊，接连两天，更是早早就到了——他怕王大画家不洗手。

陈一凡付出十几方印章的代价，得到知名老画家的五幅作品，而且又是净手画成的不带油手印的上乘之作，心里十分惬意。他一时间成了王大画家的座上客。

某日下午，陈一凡老先生在王大画家的画室小坐品茗，忽然进来一个不速之客。此人手持一画，说是在市场花大价钱收购的，多方打听才找来，求证此画的真伪。此人展开画作，陈一凡一眼便看出是赝品，特别是款识，书为"安杏王绿溪"。但王老只瞄一眼，便连说："是我画的是我画的。"来人喜笑颜开，满意而去。

陈一凡却不以为然，他说："连'安吉'都错成'安杏'了，怎么会是您老的手笔呢？"

王大画家却坦然地说："我老了，笔误也。"

陈一凡当然还是不解，心想，不是笔误，一定是眼花了，错把赝品当成真迹。

等陈一凡走后，王大画家开心地哼着七十年前流行的艳调，跟老伴说："我明知是假画，但人家贩卖也是为了生活，要是说穿了，不是坏了人家的生意吗？我外面的假画何止一张啊？也不在乎多这一幅。"

此事过去也就过去了。又几日，王大画家突然患病，据说又是吃多了——扬州一画商送来几条野生桂花鱼，老伴清炖得好，连汤带肉，吃了五碗,胃痛得受不了,去了医院。以为不过和以往吃多了食一样,调理几天即可出院,谁知这次又染上感冒,进而转成肺炎,终于没有挺过来,十几天后便病逝了。

陈一凡手上的五幅花鸟水墨,便成了王大画家的绝笔。

到了旧历年底,市里的有关部门要组织王大画家的遗作展,向广大藏家征集画稿。陈一凡怀着对王老的敬重之情,把五幅作品全部送到了筹备组。过了几天,陈一凡接到通知,他的五幅作品被要求拿走,理由是,不是王大画家的真迹。陈一凡到筹备组,和专家力争,专家也不多说,只指出一点,说:"王老晚年的画上,都有他的油手印。"陈一凡一听,哭笑不得。但专家就是专家,说出的话完全合乎道理,陈一凡也是无话可说。

木 梳

张学荣

老木，一个浓眉大眼、仪表堂堂的男子汉，却很女性化地喜爱木梳。喜爱的程度，可以用爱不释手、如痴若癫等词语来形容。

他对木梳的钟爱，应当追溯到婴儿时期。一岁生日"抓周"时，父母摆出几样东西让他抓。他先是抓了馒头，可他好像毫无食欲，又放下了。父母很高兴，儿子长大后可不能变成贪吃的馋鬼。他随后又抓了一只铜铃铛，摇了摇。悦耳的铃声也未引起他的兴趣，他随手将铃铛掷于地上。那把母亲平常梳头用的缺齿豁牙的木梳，与一支钢笔紧挨在一起。父母亲看到他的目光投向钢笔，心里高兴极了。如果他抓了钢笔，就预示着将来能够识文断字，饱读诗书，安邦治国，出人头地。可他的手却伸向木梳，而且，攥在手里再也不肯放下。

好在父亲还是个大队干部，没那么迷信。日后，仍然倾其所有，尽心尽力供他读书。

俗话说："老爱胡须少爱发。"老木上小学四五年级时，就挺爱打扮，当地土话叫"爱标"。标，就是标致的意思。那年头，家家户户穷得一天三顿喝稀粥，还常常断炊，人们纵是再爱打扮也没多少新衣服穿。老木的爱标，主要表现在喜欢照照镜子、梳梳头发。那头发整天梳得油光水滑。

上了初中，情窦初开的老木，暗恋上了班上一名漂亮女生。他那一头茂密的头发愈加梳得纹丝不乱。同学们用"滑倒苍蝇"来形容和取笑他,意即连苍蝇落在他的头上都会滑倒。老木随身携带着的,除了胸前别的一支钢笔,就是一把小木梳和一个小圆镜。

每每下课时,老木会悄悄地掏出小圆镜前后左右照一照,用小梳子精心地梳两下,宛如一个爱俏的小女生。有时,还利用光的折射原理,从镜子里痴痴地偷看那个漂亮女生。当然,因那漂亮女生是校长的女儿,而老木只是个农家子弟,另外,那时也鲜有早恋现象,学校更是绝对禁止的,所以,他和这个漂亮女生也就不可能有什么结果。

也正因此事,老木发奋苦读,决心活出个人样,让那漂亮女生瞧瞧。

老木的人生算是一帆风顺,就像他那头黑发,永远是顺顺溜溜的。他如愿以偿地考上大学,然后顺利进入机关工作,毫无波折地当了干部。

老木当上干部后,常有出差机会。在出差地住宿的宾馆,临走时,他总会将用过的一次性梳子带回家。时间久了,搜集了数十把。有的是木制的,有的是塑料的。虽然不少梳子样式差不多,但是也有区别,绝大多数宾馆为了做广告宣传,都在梳子上印着宾馆名称。

一日,老木对着镜子梳头时,突发奇想:"别人可以集邮、集报、集火花、集门票,有一个朋友还搜集各种打火机呢,我何不搜集梳子?这也算是一项高雅的爱好吧。"

以后再有出差机会,老木除了带走宾馆房间里的梳子,还会到市场上逛一逛。看见各式各样、奇形怪状的梳子,就忍不住掏钱买回来。除了自己亲自搜集,老木还委托同事、朋友帮忙。当然,同事、朋友若是花钱买来的梳子,他一定照价付钱。那时,他常说:"岂有让人家贴钱帮忙之理!"

十几年过去,老木的发型在变化着。从年轻时的学生头,到初入仕途的"三七开"分头,及至当上主政一方的官员后,改为大背头。永恒不变的是,他仍将梳头作为良好的生活习惯保持着。这个年龄的老木,梳头已不是年轻时的"爱标",而是兼具保健养生、促进血液循环的功效。

老木的梳子不再揣在兜里,而是放在公文包里。往往在开会坐主席台,抑或接受采访、面对镜头之前,为了保证形象,便取出梳子,将本来就极整齐的头发向脑后梳去,既可盖住日渐凋零的头顶,也可透出微秃光亮的脑门,显出几分威严和气度来。

随着在官场的步步登高,老木接触的人多了,梳子的来源渠道也大大增多。他的下属和求他办事的人,大多掌握了他的这一特殊爱好。以前称为搜集,此时应该改叫收藏了,因为搜集的梳子档次越来越高了。老木已收藏了两大箱梳子,档次低的是宾馆饭店的,高一点的是祖传品牌木梳。更高级的,都是一些艺术品,紫檀红木的、犀牛角的、象牙微雕的,金的、银的、铜的、锡的。可谓品种丰富,材质繁多,式样各异,琳琅满目。

闲暇时,老木常常独自一人躲在书房里,搬出两大箱梳子,一把一把地欣赏把玩,在已现白发的稀疏的脑袋上梳一梳。每拿出一把,老木会回忆一下梳子的来历。蓦然发觉,他竟然对很多高档梳子的来历有些模糊,说不清楚了。这些堪称珍品的梳子,可是价格不菲,上万元一把啊。每念及此,老木的头皮不禁发麻。

有天夜里,老木做了个怪梦,梦见自己出庭受审,临出庭时,依然注意形象,下意识地掏出梳子,梳一下头。一梳,却发现脑袋已被剃成秃瓢。

老木从梦中惊醒,出了一身冷汗。

女王的六年七十二次

李良旭

卢西安·弗洛伊德是英国著名画家,他被誉为"二十世纪毕加索之外最伟大的艺术家"。他的画,被称为"皮肉之下的灵魂",人们能够透过画家对绘画对象外表的刻画,看到人物最真实的内心世界。

英国女王伊丽莎白是弗洛伊德的忠实粉丝。女王一直有一个美好的心愿,那就是请弗洛伊德为自己画一幅像。

决心终于下定了,于是,女王派王室人员去请弗洛伊德到王宫里来为自己作画。

弗洛伊德正在画室里为一个乡下妇人画像。听到王室人员说明来意后,他头也没抬,说道:"我现在正忙着。如果女王实在想叫我画,那就请她到我这儿来,我抽空给她画一张。"

王室人员看了看坐在弗洛伊德面前的那个乡下妇人,又看了看弗洛伊德,只见弗洛伊德一脸淡定,全神贯注地沉浸在他的绘画中。王室人员无奈地耸了耸肩,走出画室。

女王听了弗洛伊德的回话后,兴奋不已。她推掉重要公务,穿戴整齐,亲自来到弗洛伊德的画室。

女王的驾到,在小镇上引起了轰动,人们纷纷走出家门,只为一睹女王的尊容。对于小镇上的居民来说,女王的到来,是多么光荣和幸福的事啊!

弗洛伊德正在给一个衣着寒碜、满脸污垢的流浪汉作画。看到女王来了,他边画边说:"女王陛下,真不凑巧,您看,我现在很忙。等有时间了,我再给您画吧。"

女王听了,笑容可掬地说:"没关系,等有时间,您再给我画。"

说罢,女王轻轻地退出了弗洛伊德的画室,仿佛生怕自己的脚步声惊动了画家,亵渎了那份神圣和宁静。

过了一段时间,女王又一次上门。为了不打扰弗洛伊德工作,女王这次轻车简从,穿戴朴素。小镇上的人看到她,根本没有认出她就是英国女王。

女王轻手轻脚地走进弗洛伊德的画室,站在门口,谦恭地说:"我想请您给我画一张像。"

弗洛伊德正靠在躺椅上闭目养神,他淡淡地说了句:"我正在休息,现在没有时间给您作画,请再等一段时间。"

女王听了,谦和地笑道:"真对不起,打扰了,等您有时间再给我画吧。"

过了一段时间,女王再次上门。弗洛伊德夹着画板正要出门,他看到女王来了,说道:"我正要出门写生,现在没有时间给您画画啊。"

女王听了,脸上露出温暖的笑容,说道:"没关系,您去忙吧,等您有时间再给我画。"

就这样,女王一次次满心欢喜地上门,又一次次失望而归。弗洛伊德总是用不同的借口,让她再等一等。女王总是谦和地微笑着表示:"没关系,我能等!"

日子在大笨钟浑厚的声响中一天一天地滑过。不知不觉,六年过去了。女王一共上门七十一次,却始终没能如愿。

当女王又一次上门时,弗洛伊德终于答应给女王画像。女王听了,顿觉神清气爽,她端坐在弗洛伊德面前,脸上呈现出慈祥、温和的微笑,显得那么高贵典雅。

周遭一片寂静,时间也仿佛凝固了,弗洛伊德全神贯注地沉浸在他的绘画中。时间长了,当女王动一下头或者抬一下手,弗洛伊德就会立刻制止道:"别动,再坚持一会儿!"

女王歉意地笑笑,赶紧摆正姿势。

几个小时过去,画作终于完成了。女王激动地拿起弗洛伊德给她画好的肖像,两眼露出惊喜的光芒,连连说道:"画得太好了! 太好了! 您把我的内心世界都刻画出来了。"

女王满心欢喜地将弗洛伊德给她画的肖像带回王宫。大臣们看到画像,一个个目瞪口呆。只见画上的女王体态臃肿,目光黯淡,眼袋下垂,像是一个中风病人,一点儿都没有女王的气势和风采。可女王呢,却像捧着个宝贝似的,满脸喜悦。

有位大臣嗫嚅着问女王:"明明弗洛伊德将您画得很难看,您为什么还将它当作珍宝呢?"

女王听了,面色严肃地说道:"弗洛伊德是当代最伟大的艺术家,他的艺术风格独一无二。他画出的每一笔、每一点,都是高贵的艺术结晶。在我眼里,它绽放出神圣和高贵的光芒。任何轻慢和不屑,都是对神圣艺术的亵渎。"

女王的目光久久地停留在画作上,眼中闪烁着无限敬仰。只听她喃喃地说道:"六年七十二次,我终于让弗洛伊德给我画了一幅画,我是多么幸福啊!"

就是这幅争议不断的女王画像,如今成了白金汉宫里最昂贵的收藏品。

练歌房里的红歌声

徐·宁

"歌之海"练歌房来了一群六七十岁的老头老太太。

服务生忙跑过来,陪着笑脸问:"各位爷爷奶奶,来这里有事吗?"

一个老头说:"唱歌啊!"

服务生掩饰不住心中的惊讶:"你们?"

老头说:"看我们老了是不是? 就怕我们会唱的你们没有,哈哈。"

服务生说:"不是那个意思。我们曲库里存歌几万首,唱什么有什么。爷爷奶奶们肯定喜欢唱戏,咱这里京剧、梆子、评剧、豫剧、黄梅戏,要什么有什么。"

老人们要开包房,服务生说:"你们人太多,没有这么大的房间,不如就在大厅。这里宽敞、音响效果也好,还不收包间费。"

老人们愉快地答应了。

服务生把果盘和茶水端了上来,就开始帮着客人点歌。

服务生在键盘上输完歌,随后去了收银台。他再也止不住心里的讪笑,对其他服务生说:"也不知从哪儿冒出这么一伙儿怪人,点的全是生僻歌,第一首是《东方红》,还要齐唱。"

几个服务人员就带着看稀罕的心情来到了大厅,见到了更为可笑的一幕:这些人不但按高低个儿排成两排站着唱,而且一个高大的老头还要打拍子。

雄壮的过门以后，大家引吭高歌："东方红，太阳升……"服务生们立刻被震慑住了，那歌唱得，不仅声情并茂、整齐划一、声调协调，而且高亢激扬、热情奔放。他们笑不出来了，感到这是一支曾经的专业队伍。

其实这伙人也不是真正的专业人士，而是一伙儿老兵。

他们曾在一个师当兵。1969年，师政治部要组织一个"毛泽东思想宣传队"，他们就被从各基层单位抽调上来。虽然不是科班出身，但都有一定的文艺天赋，集中以后又接受了专业人员的刻意培训，所以一开口就显出明显的专业气质。

四十多年过去了，当年的战友有的升了很高的职务，有的早早去世，有的不知去向。家住本市、时任队长的崔老广发请帖组织一次战友聚会时，当年五十多人的宣传队成员好不容易才聚到十八人。聊过、吃过、照相后，这些有着文艺渊源的人自然想到再同台唱响一次。

歌一支一支唱下去，《十送红军》《游击队之歌》《松花江上》《绣红旗》《解放区的天是明朗的天》《回延安》《唱支山歌给党听》《沁园春·雪》等等，把气氛逐渐推向高潮。难得的是有时一个人唱着，其他人情不自禁在舞池翩翩起舞。当《洗衣歌》唱起时，大家又跳起了藏族锅庄。唱得是那么虔诚，跳得是那么忘情，仿佛表达的不仅仅是几十年的信仰，还有对已逝青春的怀念。

这时，有人喊："小海英，小海英该你了。"

一个满头银发的老太太走到台前。

她真名叫徐玲，当年才十六岁，是个"后门兵"，在部队医院当护理员。当时有一部长篇小说叫《军队的女儿》，小海英是书里的主人公。因为她与小海英有着相似的革命家庭经历、相似的年龄，甚至相似的相貌，于是，大家都这么亲切地叫她。

小海英老了，身材有些臃肿，步履有些蹒跚，大家不由想起了四十多年前扎羊角辫、头顶无檐军帽、活泼调皮、不时搞些恶作剧的那个小女孩。岁月无情啊！

她款款地站在屏幕前,唱起了当年最受战士们喜欢、也是自己最拿手的那首歌:

"革命熔炉火最红,毛泽东时代出英雄。

"王杰同志好榜样,一颗红心为革命……"

包房里的人听到外面的歌声,都不由自主停了下来,拥到大厅里,屏声静气地欣赏着老人们的演出,不时发出喝彩和掌声。

一个老板模样的年轻人也坐在沙发上静静地听着,身边一个妖艳的小姐悄悄对他说:"都什么年代了,还唱这些。"

年轻人脸突然一黑:"胡说! 老子就是听着爷爷奶奶唱这些歌长大的。"说着,他起身来到大家称为"崔老"的老人面前,冷冷问道:"您是崔爷爷吧?"

崔老试探着问:"你是……"

年轻人说:"孙援朝是我父亲。"

崔老警惕地看了年轻人一眼,很有些"来者不善"的意思。崔老退休前曾是市纪检副书记,而孙援朝则是前副市长。正是崔老一手抓住一宗腐败案不放,最后把孙援朝送进了监狱。

崔老说:"你是不是很恨我?"

年轻人说:"以前很恨,但爸爸却说您是真正的共产党人。我现在不恨了。"

崔老说:"为什么?"

年轻人说:"忠于自己的信念,几十年操守不变,这是你们那一辈人的品质。"

年轻人说完这话,招呼也不打,转身走了。

演唱在《革命人永远是年轻》的合唱中结束。

当老人们到吧台结账时,收银员说有人付过了。

敬畏

朱耀华

柳浪感到了恐慌，一种真正的恐慌。事情缘于一则新闻：某要人遭到微型摄像头跟踪，使他一些不能示人的隐私大白天下，其中包括违法违纪行为。最终，该人身败名裂，成为阶下囚。

隐私，谁没有隐私呢？是人都有。当然，这不是主要的，人皆有之的隐私算不上什么，问题是像某些人的那些隐私，一点儿不输于克林顿先生，那才是真正的隐私。柳浪想："自己的某些隐私要是让人拿住，那就要吃不了兜着走了。"

柳浪的脊背上便有了冷汗。

柳浪觉得摄像头无处不在，办公室、家里，甚至他的小车里，他越发感到不自在，心神不安。经过慎重思考，柳浪打了电话给他的情人"凯美瑞"——这是柳浪给她的爱称。柳浪说，他要找她好好谈谈，凯美瑞问："谈什么？"

柳浪说："很重要很重要的事情。"

凯美瑞"扑哧"一声笑了，因为柳浪的口气从来没有这么郑重过这么严肃过。凯美瑞说："在哪里谈？床上还是床下？"

凯美瑞的话并非毫无依凭，因为以前，他们之间话题的展开大都是以床为舞台。那是一种特殊的语言，离开了床，他们之间就无话可说。

柳浪没有心思跟她饶舌，他很快和她约定了地方。这个地方是柳浪经过缜密的思考确定的。柳浪的举动大大出乎凯美瑞的意料,因为以前的柳浪胆子大得惊人。她百思不得其解,是什么让他突然变成了一个胆小鬼呢?他们见面之后,柳浪对她说,以后,他们这种关系不能持续下去了,今天,他约她出来,就是想告诉她,这是他们最后的交往。为此,他愿意付给她一笔分手费。

最初,凯美瑞以为柳浪是在开玩笑,最后发觉柳浪是玩真的,凯美瑞的脸上就阴云密布,她怀疑柳浪又喜新厌旧了,凯美瑞斩钉截铁地说:"想甩老娘?不行。"

柳浪说了那则新闻,柳浪说,现在高科技实在太发达了,就比如这种微型摄像头吧,它几乎无处不在。

"我和你。"柳浪字斟句酌地说,"我们,都不想身败名裂,是吧?"

凯美瑞说:"别拿这个吓唬我。"

"真的,我感觉,好像到处都有眼睛盯着我。"柳浪说,还用警惕的目光抬头扫描了一番。

凯美瑞终于也有些害怕起来,她不能不顾及自己的名声。最终,他们达成了协议,分手。临别时,柳浪想拥抱她一下,她推开了他。她说:"小心,摄像头。"

柳浪居然打了个寒颤,把凯美瑞笑得花枝乱颤。她点了下柳浪的额头说:"哎,你怎么都熊成这样了?"

柳浪也笑了,笑得有些窘迫。他拍着自己的脸骂了一声。他觉得自己完全不像是自己了。

以前,柳浪热衷于有些应酬,但现在,能推的他都推辞了。比如桑拿房,柳浪坚决不去,他说自己心脏不好,进去了缺氧。柳浪拿出医院开的心率不齐的证明,就没人再勉强他了。毕竟,万一走着进去抬着出来,谁也担待不起。

还有,业务单位的上他家来找他谈合作,都一概被他挡驾了。以前,他的很多合作项目都是在家里谈妥的,家里嘛,很多事情做起来都很方便。但现在，他一本正经地告诉他们，要谈，就上他的办公室，而且必须按照既定的程序。有人开始以为他是作秀，结果真的碰了一鼻子灰。

柳浪的变化是显而易见的，让认识他的人都有些吃惊和不解，好像一夜之间，他突然脱胎换骨了。

生活自然没有了以前的丰富多彩，于是，柳浪又拾起了以前的一些爱好，比如书法、钓鱼，偶尔打打纸牌、麻将，一副清心寡欲的派头。当然，也不是没有诱惑，有时候，柳浪也想悄悄放纵一下自己，但一想到无处不在的摄像头，他就打消了念头。

"这年头，要想神不知鬼不觉，难啊。"柳浪想。

所有认识柳浪的人都说，柳浪是个清官，是个好人。